Les voyageurs du Tupolev

ŒUVRES DE JEAN DUTOURD

Aux Éditions Plon

Romans : *un volume de 1 500 pages*
Essais et autobiographie : *un volume de 1 100 pages*
Journal des années de peste
A la recherche du français perdu
Jeannot, mémoires d'un enfant
Le Siècle des Lumières éteintes
Dutouriana
Les cinq à sept de Fernand Doucin

Aux Éditions Flammarion

Trilogie française, romans
Pluche ou l'amour de l'art, roman
Mémoires de Mary Watson, roman
Le Feld-Maréchal Von Bonaparte, essai
Le Septième Jour, récits des temps bibliques
Domaine public, critique littéraire

JEAN DUTOURD

de l'Académie française

Les voyageurs du Tupolev

Plon

ISBN 2-259-19868-6

I

LE BAR DU PONT-ROYAL

C'est Elsa que je connus la première, vers le début de décembre 1946. Je n'avais que vingt-six ans, mais je n'étais pas complètement obscur ; mon premier livre avait paru quelques mois plus tôt, les journaux en avaient parlé, j'avais récolté un prix. Non seulement j'étais ce qu'on appelle « un nouveau venu » dans les lettres, mais encore je m'étais fait déjà des ennemis par mon caractère et par quelques drôleries que je ne pouvais m'empêcher de lâcher à l'occasion. Bref, j'étais une esquisse, une ébauche de figure parisienne. Les traits s'accentueraient ou s'effaceraient selon que je tiendrais mes promesses, c'est-à-dire si, par la suite, j'avais l'application de bâtir une œuvre. Je ne vois tout cela qu'aujourd'hui. Sur le moment j'étais bien trop occupé à vivre, à m'affirmer, à me vanter de mon avenir, à me donner plus d'importance que je n'en avais, à jouer au jeune génie qui s'apprête à manger le monde tout cru.

La rencontre avec Elsa eut lieu au bar de l'hôtel Pont-Royal, rue Montalembert, à deux pas de l'illustre NRF. Cet endroit était meublé de fauteuils de cuir et plongé dans une pénombre distinguée. J'étais si novice, si ingénu, en dépit de mes airs d'être revenu de tout, que je ne soupçonnai pas que je pénétrais dans un des lieux saints de la vie intellectuelle parisienne. Je ne vis qu'un de ces établissements ordinaires où les fauves à la mode viennent, vers six heures du soir, chuchoter entre eux en s'abreuvant de spiritueux au nom anglais.

En ce temps-là, j'étais un ardent révolutionnaire ; je contemplais avec tendresse le parti communiste qui me semblait aussi magnifique, aussi générateur de rêverie que, dans l'esprit d'un croquant du XVIIe siècle, les splendeurs de Versailles ; toutefois je ne m'y étais pas inscrit, retenu par je ne sais quelle appréhension de m'engager plus que je ne l'eusse voulu, ou d'être astreint à des obligations de militant qui m'auraient vite ennuyé. La lecture de *L'Humanité* à laquelle je m'attelais chaque jour n'était pas faite pour m'encourager. L'enflure du style des rédacteurs, leurs fureurs de commande, leurs rabâchages, leurs clichés triomphaient de ma bonne volonté, le journal me tombait des mains. Une espèce d'intuition me disait que j'aurais beau faire, je ne m'entendrais jamais avec des gens qui s'exprimaient de la sorte, qu'il y avait entre eux et moi un précipice infranchissable ou plutôt une différence de nature. Je n'avais le courage de lire entièrement, parce qu'il était bref, que le billet dit « d'humeur » d'une dame Simone Téry, paraissant chaque jour en encadré à la première page, et d'une telle niaiserie dans le genre édifiant et moralisant que je ne pouvais m'empêcher d'en rire, en dépit de ma révérence pour la classe prolétarienne.

Je ne sais plus qui m'avait convié au bar du Pont-Royal. Vu la personne, quasiment l'idole, en présence de qui je serais mis, je ne me fis pas prier. Je fus même rempli d'enthousiasme : le prénom d'Elsa était pour moi si magique que je n'étais pas tout à fait sûr qu'il désignât une créature humaine. C'était le pseudonyme de la patrie. On n'imagine plus aujourd'hui ce qu'avait représenté Aragon en 1943 pour les jeunes résistants dans mon genre. Par la seule vertu de ses poèmes, la France était soudain débarrassée de sa honte. Je suppose que les vaincus de 1870 ressentirent quelque chose de semblable en lisant *L'Année terrible*. La métamorphose d'Aragon, véhément surréaliste, puis communiste zélé, devenant mystérieusement Victor Hugo, c'est-à-dire modulant sur sa lyre la musique ancestrale de la France, n'était pas la moindre des merveilles. C'est quand il est vaincu et ligoté par le vainqueur qu'un peuple a besoin d'un aède, non quand il fait la guerre à un autre peuple et que, jusqu'à la victoire ou à la défaite, les belligérants gardent des chances plus ou moins égales. Au contraire, les combattants n'aiment pas qu'on chante leurs exploits, qu'on les magnifie, que l'on fasse du lyrisme sur leur dos.

En 1943, lorsque j'accomplissais mes besognes de résistant à Lyon, dans la brume froide des nuits d'automne, tâchant de me fondre dans cette ville pleine de maisons mystérieuses et faite, à ce qu'il me semblait, pour les conspirateurs, il m'est souvent arrivé de penser aux poilus de 14 et de les envier, en dépit des souffrances qu'ils avaient endurées. Ils faisaient une guerre d'hommes libres défendant leur liberté, à visage découvert. Moi, c'était une guerre d'esclaves dans laquelle j'étais enrôlé, un combat nocturne dans lequel on devait se rendre aussi invisible qu'on le pouvait, n'avancer que masqué, non pas être un lion, mais un furet, une anguille, un serpent qui s'enfuit entre les herbes. Une abeille qui pique celui qui la tue, comme l'écrivait Paulhan.

Pour les esclaves, tout est difficile : ce qui leur convient est péché et ne peut être que clandestin. Le vainqueur et ses sbires ne doivent rien savoir, rien soupçonner. Les strophes d'Aragon arrivaient de la Suisse comme des marchandises de contrebande. Leur langage était à peine codé, tout était éblouissant à nous qui les lisions avec les yeux de gens risquant chaque jour la mort ignominieuse des esclaves. Je me rappelle avoir fait alors la réflexion qu'il est des périodes étranges où l'on attend des poèmes d'amour, ou ce qui se cache derrière, avec plus de curiosité et d'impatience que des nouvelles d'événements dont dépend notre sort. En lisant Aragon, j'étais sûr que j'allais apprendre quelque chose de fondamental sur la situation dans laquelle nous étions et sur l'avenir de la patrie (autrement dit sur le mien) qui ne pourrait être que beau puisqu'une grande voix me l'affirmait et dans mon propre langage.

Le recueil ayant pour titre *Les Yeux d'Elsa* était le plus inspiré, le plus achevé de tous ceux ayant paru ces années-là. Ce titre, pour nous autres qui mêlions volontiers dans notre cœur la littérature et la Résistance, était tellement synonyme d'amour de la patrie que rien ne manquait à la tendresse qu'il nous inspirait, pas même la moquerie. Tout au moins cette moquerie affectueuse, cette moquerie-litote si je puis dire, derrière laquelle parfois l'émotion se dissimule. Ainsi le mot d'un de nos camarades, René Tavernier, qui avait un esprit à la Rivarol et qui traduisit *Les Yeux d'Elsa* par *Les Pupilles de la Nation*.

Comme toujours, dans mon souvenir, Elsa ressemble à une peinture de Rembrandt : je vois quelques touches de lumière jaune qui suffisent à rendre la ressemblance quasi littérale du modèle et, tout autour, des ténèbres dont on devine qu'elles sont peuplées de gens et d'objets. Elsa est toute seule, grignotée par le clair-obscur ; ce qui l'entoure a disparu ; je n'entends qu'elle parlant de sa voix roucoulante, je ne sens que son parfum de femme du monde.

Ce qui me frappa le plus fut la fréquence avec laquelle le nom de son mari revenait dans ses propos, comme si elle ne pouvait se débarrasser de sa présence dans son cœur, ne fût-ce que pendant une demi-heure ou une heure dans la journée. Elle le mentionnait sans cesse, comme un collectionneur parle d'un objet rare et précieux qu'il possède, et qui ne résiste pas à la vanité d'en faire parade. Elle ne l'appelait que *Louis*, comme si ce prénom était sa propriété exclusive, un bijou qu'elle avait acquis difficilement et qu'elle seule avait le droit de porter. Elle le prononçait comme s'il avait eu deux syllabes : « Louhi ». Je ne manquai pas, bien sûr, de regarder ses yeux qui appartenaient désormais au trésor de la poésie française. Je les vois encore, ces beaux yeux bleus : Elsa portait une voilette qui en atténuait l'éclat et leur donnait un aspect vernissé. Elle était très élégante, du moins elle me parut telle, au point de me rappeler les bourgeoises riches de mon enfance. Je ne me faisais pas cette idée-là d'une muse de l'extrême gauche. Jusqu'à son affabilité qui me paraissait légèrement appuyée, frôlant la condescendance, comme d'une personne de qualité faisant la conversation à des manants. Tenté par un démon qui m'habitait à cette époque et me poussait à donner mon avis sans qu'on me le demandât, je finis par déclarer qu'il était bien fâcheux que notre cher journal eût pour chroniqueuse Mme Simone Téry dont les billets étaient des chefs-d'œuvre de nigauderie. Elsa posa sur moi son regard de cobalt, esquissa une moue qui glissa vers le sourire et me fit cette réponse dont je fus à la fois abasourdi et amusé :

— Il faut voir pour qui c'est écrit !...

Le roulement des *r*, l'accent russe à peine marqué, la voix musicale, le parfum, le décor distingué du Pont-Royal, tout cela forme une de ces scènes qui, on ne sait comment, s'inscrivent en nous alors que nombre d'événements plus remarquables ou d'émotions plus imprévues ne laissent pas de trace. Peut-être est-ce le cynisme d'Elsa qui me charma. Cette forme d'esprit m'a toujours plu. J'y étais enclin moi-même et je la retrouvais dans autrui avec un sentiment de connivence. En fait, j'aimais le cynisme comme j'aimais le paradoxe : chacun à sa façon, selon moi, exprimant la vérité, l'un brutalement, l'autre par un biais original; déjà, si jeune que je fusse, rien ne me paraissait plus beau, plus désirable que de prendre sur le fait la vérité du monde. Sans compter qu'Elsa, avec ses dédains d'intellectuelle mondaine, me changeait heureusement des airs cafards, de l'hypocrisie, des ambitions prudentes, des vilaines préméditations qui régnaient à gauche et que je ne pouvais m'empêcher d'observer, malgré ma dévotion pour les idées progressistes.

La conversation d'Elsa et des autres convives était une conversation de journalistes, c'est-à-dire que l'on débattait avec chaleur, comme si la vie en dépendait, des sujets d'actualité. J'ai tout oublié de ce qu'étaient ceux-ci ; en revanche, je retrouve sans peine les sentiments que j'éprouvais. D'abord de la curiosité, de l'étonnement : comment pouvait-on mettre tant de passion dans des controverses sur des choses aussi fugaces que des péripéties sociales et politiques ? En même temps, je ressentais un peu d'envie pour des personnes qui en savaient tant sur les dessous de la conjoncture, qui avaient une explication pour les moindres broutilles et qui, avec leur regard perçant, voyaient de ténébreuses manœuvres dans les démarches les plus innocentes. Je regrettais de ne pas savoir leur donner la réplique, de ne pas être aussi averti qu'elles, d'avoir la tête faite autrement, de ne pas leur ressembler. J'étais un peu penaud d'être si indifférent à la marche du monde et au mouvement des idées. Au milieu de ces Modernes, je me faisais l'effet d'être un Ancien, et des plus attardés, des plus poussiéreux. Si j'étais déjà ainsi à vingt-six ans, quel vieillard sclérosé et myope ne serais-je pas à soixante-dix !

Elsa était fort agitée à propos d'un écrivain hongrois qui vivait à Londres et dont, par extraordinaire, j'avais entendu parler. Il s'agissait d'Arthur Koestler ; celui-ci venait de publier un ouvrage dont un des chapitres s'intitulait « Le Catarrhe français ». Autant qu'il me souvienne, il s'y gaussait de nos poètes, de nos écrivains, Aragon et Vercors en particulier, qu'il accusait de faire du mélo avec nos désastres, ajoutant que la pleurnicherie était une spécialité gauloise. Elsa était très persuasive. Selon elle, ce Koestler était un scélérat, une méchante bête, un nazi, un agent provocateur, un ennemi non seulement de la France (ce qui eût été, à la rigueur, compréhensible), mais de la poésie française, c'est-à-dire, inévitablement, de Louis, puisque celui-ci était en une seule personne l'incarnation de cette poésie même, qu'il s'était identifié à la patrie et qu'il était membre du PC. Car Koestler haïssait également l'Union soviétique, ce qui était normal, vu le bonhomme, mais ne laissait pas d'aggraver son cas.

Je ne sais plus comment je quittai Elsa. Il est probable que c'est elle qui prit congé de nous. Elle avait obligeamment honoré de sa présence quelques personnes du commun pendant une demi-heure. Il était temps qu'elle fuît comme la déesse Isis sur sa conque dorée. Après son départ, il ne subsiste plus rien dans mon esprit, comme si un coup de vent avait brusquement tourné les pages de la mémoire.

En ce temps-là, parmi les quelques besognes que j'accomplissais pour gagner un peu d'argent, je faisais des piges au *Populaire*, organe du parti socialiste SFIO, c'est-à-dire que l'on me prenait de temps à autre une chronique, qu'on me payait chichement ; néanmoins, j'étais bien content de cette maigre ressource, encore que, habité contradictoirement par mes outrances de bolchevik rétrospectif et mon exigence d'auteur ou d'homme de lettres qui me contraignait à exprimer ce que mon cœur jugeait exact, je heurtasse tout le monde par mes écrits, aussi bien les bons vieux socialistes qui lisaient leur *Popu* depuis 1936 et qui étaient habitués à sa modération, que les nouveaux lecteurs en qui stagnaient des nostalgies plus ou moins pétainistes.

II

BEAU COMME LAMARTINE

J'intitulai ma chronique « Fraternité des francophobes ». Le sieur Koestler en prenait pour son grade. J'ai le soupçon aujourd'hui, en la relisant, que je ne dus pas la composer avec facilité. Il y a des adjectifs, des adverbes, une certaine niaiserie emphatique qui ne trompent pas : je faisais du zèle, je voulais plaire à Elsa et à son chantre, je voulais leur faire savoir qu'ils avaient en moi un fanatique, un inconditionnel. Bref, comme on dit, je me battais les flancs. Un lecteur au moins goûta mon factum, comme quoi mes efforts n'avaient pas été inutiles : ce fut Aragon lui-même. Il m'écrivit, je répondis, et deux ou trois jours plus tard j'eus l'émerveillement de recevoir un télégramme ainsi libellé : « Voulez-vous déjeuner avec moi aujourd'hui lundi ? » Il eût fallu une guerre pour m'empêcher de courir à cette invitation. Non seulement elle me comblait d'orgueil, mais encore elle était l'occasion d'un repas gratis, aubaine que j'avais garde de laisser échapper, alors.

Aragon me demanda de passer le chercher à son bureau du journal *Ce soir* dont il était le directeur. Comment j'arrivai jusqu'à ce sanctuaire, je n'en ai plus le moindre souvenir. Je me rappelle seulement que mon émotion ne me rendait pas aveugle et que je fus déconcerté par l'aspect de mon grand homme. Il avait alors presque la cinquantaine, ce qui ne se marquait que par ses cheveux gris (fort bien coiffés, soit dit en passant). Pour le reste, il me parut d'une sveltesse et d'une prestesse de danseur ; son visage était frais, jeune, se convulsant en un bref sourire toutes les minutes. C'était un sourire-tic qui ne montait pas jusqu'au regard, lequel demeurait vigilant et fureteur. Aragon me parut très élégant, veston et pantalon ajustés, mettant ses formes en valeur comme celles d'une femme. Du reste, son côté féminin et remuant me frappa. Avec mes idées du XIXe siècle, je m'attendais à rencontrer un patriarche dans le genre de Verdi ou de Victor Hugo. Or j'avais en face de moi un jeune homme qui avait sauté à pieds joints du surréalisme dans le communisme. Etais-je en 1945 ou en 1930 ? Avais-je pour interlocuteur l'auteur du *Crève-Cœur* et de *La Diane française* ou celui du *Traité du style*, qui conchiait l'armée française dans sa totalité ?

Je me rappelle moins les propos qui furent échangés que la scène ou plutôt la pantomime les accompagnant. J'étais assis sur le bras d'un gros fauteuil de cuir. Aragon allait et venait dans la pièce. Je n'arrêtais pas de pivoter, par un mélange de curiosité et de déférence. Il eût été inconvenant de tourner le dos, même fugitivement et involontairement, à ce grand homme qui se mettait tant en frais pour moi. Mais c'était une gymnastique incessante. J'étais perché sur l'accoudoir comme un singe ou un oiseau. Tantôt Aragon arrivait sur ma droite et il fallait opérer un demi-tour, tantôt il se trouvait à ma gauche, tantôt devant, tantôt derrière. Je ne sais combien de temps dura la séance. Elle me parut longue et j'en émergeai avec soulagement car ma scoliose commençait à me faire souffrir. Je n'en revenais pas de la prolixité de mon hôte qui paraphrasait avec conviction la doctrine changeante du parti communiste français et m'inculquait implicitement ce qu'il fallait penser ce jour-là, quitte à soutenir le contraire le lendemain.

Certaines gens ont une tête de lion, d'autres une tête de taureau, de mouton, de serpent. Cet aspect animal des créatures humaines m'a toujours amusé et je ne puis m'empêcher en dévisageant quelqu'un de chercher le bovidé ou le léporide qui se cache sous sa peau d'homme. Il était incontestable qu'Aragon ressemblait à un renard de La Fontaine dessiné par Granville. Il en avait le museau pointu, le beau pelage, le maintien, les gestes onduleux. Je n'oubliais pas un instant quand même que c'était un grand poète parmi les plus grands, que j'étais devant la poésie française elle-même, comme si j'eusse été en présence de Lamartine, de Baudelaire, d'Apollinaire, de Rimbaud. C'est à Lamartine que je pensais surtout. Je me disais qu'Aragon était beau et fin comme lui, qu'il avait comme lui des idées de gauche qui le rendaient exécrable aux bourgeois. Aragon avait une façon ensorcelante de me considérer comme étant un militant de vieille roche avec lequel certaines opinions plus ou moins brutales vont de soi. J'étais très flatté d'être ainsi naturalisé communiste. J'aurais été au supplice de décevoir le grand ancêtre qui me faisait l'honneur de croire que je lui ressemblais. Cela ne m'empêchait pas, cependant, à part moi et pour ainsi dire à l'arrière-plan, d'analyser ces sentiments qui m'éclairaient sur l'enthousiasme de certains suiveurs politiques, lesquels, n'ayant guère de volonté par eux-mêmes, se donnent tout aux exigences d'un chef et deviennent sa caricature ou son décalque. Je crois que pendant qu'Aragon tournait dans son bureau, je jouai avec l'idée que, pour un peu, si je l'avais vu chaque jour pendant une semaine ou un mois, il m'aurait converti, au point que j'aurais été prendre ma carte du parti carrefour de Châteaudun, dans l'unique but de faire plaisir à l'auteur du *Paysan de Paris*.

III

UNE PLACE DE BALAYEUR

Où allâmes-nous déjeuner après cet apéritif idéologique ? Je n'en ai pas le moindre souvenir, non plus que ce qui fut dit au cours du repas. Du reste, je ne me souviens de rien jusqu'à l'année 1951 ou 52. Peu après mon entretien avec Aragon, je partis pour Londres où je m'étais fait embaucher par la BBC en affirmant effrontément que je savais l'anglais, ce que personne n'eut la curiosité de vérifier, et où je restai trois ans. La vie à Paris, capitale impitoyable des Gaulois, était trop rude pour un benêt de ma sorte. J'augurais que j'arriverais mieux à subsister au milieu des peuplades britanniques, plus lentes, plus placides, de mœurs moins sauvages. En quoi je ne me trompais pas : pendant les trois années que je demeurai là-bas, la BBC fit preuve à mon égard d'une étonnante patience en dépit de mon travail médiocre et de mon caractère. J'ai trouvé dans cette radio d'Etat qui m'employait à son « service français » de très bonnes gens bienveillantes et indulgentes. A Paris, j'eusse été mis dix fois à la porte, ne fût-ce que pour mes imprudences de parole. Il n'empêche qu'au bout de trois ans, j'éprouvai quelque chose qui ressemblait au mal du pays et que j'eus le désir de rentrer en France. Entre tant, j'avais publié quelques livres. Le premier m'avait valu une lettre de Gaston Gallimard, à qui n'échappait aucun détail de la vie littéraire et qui voyait peut-être en moi un jeune homme d'avenir. Je me rappelle très bien la stupeur et l'orgueil que me causa cette lettre : c'était l'illustre NRF tout entière qui me tendait la main, qui me disait comme Verlaine à Rimbaud : « Venez, chère grande âme ! »

Le délicieux Gaston avait pris la peine de m'écrire à la main. Aucune lettre d'amour ne m'aurait transporté davantage. Après quoi, une espèce de commerce épistolaire s'établit entre nous, dont je ne laissais pas d'être émerveillé. Mon premier roman qui racontait l'histoire d'un homme à tête de chien ayant été refusé par mon éditeur, Gaston, pour ainsi dire, se jeta dessus et, à ma grande joie, le publia. Vers 1950, lorsqu'un jeune écrivain voyait un de ses ouvrages paraître sous la couverture blanche des éditions Gallimard, qui était celle de Gide, de Valéry, de Claudel et des grands fondateurs, il n'était pas loin de s'imaginer qu'il avait gagné son bâton de maréchal des lettres. Je n'allais peut-être pas aussi loin, mais j'eus le sentiment, en contemplant dans mes mains l'exemplaire justificatif du bouquin, que j'avais franchi une grande étape dans la vie littéraire française, que j'avais endossé l'uniforme officiel des hommes de génie, que je passais de l'état toujours un peu ridicule de débutant à celui d'auteur sérieux, bien établi dans la vénérable corporation des héritiers de Montaigne et de Voltaire.

Gaston, avec les gratte-papier, avait une attitude incomparable, consistant en un je-ne-sais-quoi d'affectueux qui leur faisait croire qu'il leur portait une attention exclusive. Son maintien, qui était modeste, timide, rougissant, enfantin, formait un séduisant contraste avec la puissance quasi royale du personnage. Je ne manquai pas, comme les autres, quand je le vis pour la première fois, d'y être pris, tout en ayant le soupçon qu'il entrait dans tout cela une notable portion de comédie. La souplesse et le charme de Gaston n'empêchaient pas qu'on sentît en lui quelque chose de dur, d'irréductible, qui inspirait le respect, à quelque familiarité qu'il vous invitât. Sans compter qu'il avait ses têtes, comme on dit, et qu'il était capable de se montrer cassant, sinon brutal, avec les gens qui lui avaient déplu ou ne l'avaient pas servi selon ses désirs. Je ne me rendis compte de cela que plus tard, lorsque je le connus mieux. Tant que je fus en Angleterre, nos rapports furent principalement épistolaires. Les lettres de Gaston reflétaient son urbanité. Je pensais naïvement que je tenais là mieux qu'un ami : un protecteur peut-être, en tout cas un connaisseur qui ne se tromperait jamais sur mon génie.

Il y eut du coup de tête dans mon retour en France. Du reste, le coup de tête est assez dans mon style. J'en ai donné une dizaine au cours de ma vie, sinon davantage, et chaque fois mon destin a pris une direction que je n'aurais pas prévue la veille. Ainsi j'aurais pu passer le restant de mes jours à Londres. J'y avais fait mon trou ; je m'y étais trouvé des amis, des connaissances, des relations. A la longue, j'avais un peu appris l'anglais, en sorte que j'arrivais à me faire comprendre des contrôleurs d'autobus et des tenanciers de pubs. Les quartiers de Londres m'étaient aussi familiers que les quartiers de Paris. J'avais même commencé à explorer les coins secrets de la vie et de la culture britanniques, à visiter de petits musées ignorés, à marcher longuement dans la capitale, à lire des ouvrages connus seulement de quelques curieux. Bref, si j'avais tenu encore quelques mois, je me serais assez bien accommodé de la vie là-bas, de ses particularités, de ses idiosyncrasies. D'autant plus que beaucoup de choses me plaisaient dans les habitudes et l'esprit des Anglais, surtout ce dernier dont, en trois ans, j'avais été très imprégné.

On ne sait pas, sur le moment, qu'il y a quelque chose de fatal dans les coups de tête. Celui dont je parle fut provoqué par ce qui est le plus profond et le plus secret de moi, à savoir la littérature. Comment écrire en français au milieu d'un peuple qui ne parle pas cette langue ? Comment être un artisan des mots français, les assembler avec un tact de plus en plus fin, lorsqu'on n'entend tout le jour que des mots étrangers ou des tournures étrangères ? Rien de cela n'était clair ou explicite en moi, mais je suis sûr, aujourd'hui, un demi-siècle plus tard, que c'est la raison, ou plutôt le mouvement qui me poussa à revenir chez les Gaulois, malgré toutes les difficultés, toute la dureté que j'étais sûr de trouver et que, précisément, j'avais fuies.

Le propre des coups de tête est que l'on ne prévoit rien au-delà, comme si le seul fait d'avoir eu le courage de les accomplir avait épuisé toute notre énergie. Le coup de tête ayant eu lieu et nous laissant en quelque sorte devant un désert ou un précipice, il faut improviser, trouver un expédient, bref, survivre. La seule idée qui me vint fut d'aller voir Gaston Gallimard. Il me reçut tout de suite, avec son affabilité habituelle et quelque chose d'affectueux, de bienveillant, qui n'était, je pense, qu'à moitié joué. Il avait une inlassable curiosité pour les jeunes gens des lettres, et j'étais l'un de ceux-ci, qu'il avait lui-même attiré, ce qui, je suppose, l'attachait à moi.

A côté de beaucoup de sagesse et de sagacité, Gaston avait dans le caractère quelque chose d'un peu fou, d'où, de sa part, certaines actions déconcertantes qui tournaient curieusement à son avantage. Par exemple il avait embauché comme caissier un ancien forçat, qui se révéla d'une probité et d'une exactitude admirables. Sans doute avais-je l'air un peu fou moi-même en pénétrant dans son bureau, ce qui renforça Gaston dans la sympathie qu'il me portait. Il y avait en effet une bonne dose d'inconséquence dans ma démarche : certes tout le monde trouvait du travail en ce temps-là, si tant est qu'on le voulût sérieusement, mais il n'était pas bien raisonnable de quitter d'un cœur léger un bon emploi, de faire fi de tout ce qu'on avait acquis jusque-là, non sans peine quelquefois.

Gaston se tenait dans une grande pièce ovale située au premier étage d'un hôtel du XVIIIe siècle, rue de l'Université, qu'il avait acheté en 1944 à Léon Bailby, célèbre et fastueux journaliste de l'entre-deux-guerres. Il le partageait avec son frère Raymond, de quelques années son cadet. L'un et l'autre étaient attablés de chaque côté d'un gigantesque bureau d'acajou, tout bardé de tiroirs, de tirettes, de recoins, d'excroissances variées et dont je pensai qu'il avait été confectionné sur mesure selon les instructions des deux frères. Lorsque Gaston semblait avoir une conversation privée avec un visiteur, Raymond, assis dans son fauteuil et remuant des papiers, prenait un air absent que je jugeai le comble de l'aisance mondaine. De temps à autre, il relevait la tête et faisait un sourire lointain. Il n'émergeait de l'immensité du bureau d'acajou que lorsqu'on lui adressait expressément la parole ou qu'on le prenait à témoin de quelque chose. C'est ainsi que se déroula ma première entrevue avec Gaston. J'avais quelque difficulté à ignorer Raymond mais son attitude était si juste qu'au bout de quelques minutes, on n'était pas plus embarrassé par sa présence que par celle d'un tableau ou d'une pendule. Par la suite, j'eus les plus agréables relations avec lui, qui ne se mêlait en rien de la marche de la maison et pratiquait avec tous, y compris le petit personnel, une bienveillance avunculaire.

A cette époque, la vie ne m'avait pas appris grand-chose. J'ignorais en particulier que lorsqu'on a une requête à présenter à quelqu'un, il faut traiter pendant plusieurs minutes de sujets n'ayant aucun rapport avec notre souci, et n'arriver à notre affaire qu'après le plus de détours possible. Au contraire, si quelque désir me tourmentait, j'étais incapable de ne pas me jeter dedans à pieds joints, c'est-à-dire d'en faire part dès les premiers mots à celui qui pouvait l'exaucer. Quoique ce système, ou plutôt ce déplorable instinct, m'eût causé plus de torts qu'il ne m'eut apporté de satisfactions et que j'en fusse tout à fait conscient, je ne parvenais pas à m'en défaire. Par bonheur, la personne à qui je m'adressais ne me voulait que du bien et visiblement était prête à excuser toutes mes maladresses. « Gaston, dis-je quasiment à brûle-pourpoint, me voilà revenu des rivages de la perfide Albion. Je n'ai pas le sou et pas de travail ; si vous avez une place de balayeur, je suis candidat. » J'étais assez content de cet exorde par lequel je montrais divers aspects de mon caractère : que j'avais de l'esprit, que je savais tourner mes requêtes, que je n'avais pas de prétentions exorbitantes, que je me contenterais même de la fonction la plus humble, ce qui n'excluait pas une certaine dignité, enfin que je brûlais de m'enrôler définitivement sous le drapeau blanc et rouge de la NRF. « Donnez-moi vingt-quatre heures pour y penser, me répondit Gaston avec un sourire plein de confusion. Je vais vous écrire une lettre... »

La lettre arriva le lendemain ; elle me proposait un poste de « conseiller littéraire », accompagné d'un petit salaire mensuel qui faisait bien mon affaire. J'ignorais en quoi consistait le travail d'un monsieur décoré de ce titre et, si je m'en tiens à ma seule expérience, je n'en sais guère plus aujourd'hui. Ce que je puis dire, c'est que, pendant tout le temps que je demeurai aux éditions Gallimard, on ne me demanda à peu près jamais de conseil et l'on me tint fort éloigné de la littérature. Mon principal travail consistait à écrire des « prière d'insérer », c'est-à-dire les résumés en deux ou trois paragraphes des nouveautés que la maison publiait. Cela signifiait qu'il fallait lire sur manuscrit ou sur épreuves tout ce qui paraissait, romans, poèmes, essais philosophiques, ouvrages d'histoire, traités de médecine ou de mécanique, etc. Cette occupation était le contraire même de ce que j'ambitionnais, et elle ne tarda pas à m'ennuyer démesurément.

Ma consolation était que l'on m'avait attribué un bureau, ou plutôt un galetas situé au deuxième (et dernier) étage d'une des deux maisons qu'occupait la NRF et qui avait été jadis l'hôtel du maréchal Joffre. Ce galetas était l'équivalent d'une chambre de bonne dans un quartier chic, étant contigu à deux bureaux dont les titulaires étaient des « conseillers littéraires » de haute volée : Jacques Lemarchand et Albert Camus. Je les rencontrais quelquefois sur le palier. Mais il ne m'en fallait pas plus que d'être leur voisin pour me croire à peu de chose près leur égal.

Au cours des seize ans que je fus rond-de-cuir chez Gallimard, j'eus quatre ou cinq bureaux successifs. Celui auquel, dans mon souvenir, reste attachée la personne d'Aragon est une assez jolie pièce, quoiqu'un peu sombre, située au rez-de-chaussée, que l'on m'alloua vers 1953 ou 54. Il y avait une fenêtre qui donnait sur la cour de l'hôtel de Bailby, deux fauteuils de cuir bancals, quelques rayonnages et le bureau à tiroirs derrière lequel je me tenais. Cet ensemble miteux, sérieux, non sans charme, formait, selon moi, le décor même convenant à la qualité de conseiller littéraire. Ainsi qu'il m'est souvent arrivé au cours de ma vie, j'avais l'apparence de quelque chose que je n'étais nullement et j'en ressentais l'agréable satisfaction des imposteurs.

Aragon dut venir me voir là pour la première fois en 1955, lorsque je publiai *Les Taxis de la Marne*, livre dans lequel j'avais écrit qu'il était un « poète sublime ». Il n'est pas d'homme de lettres, je pense, qui, lisant à son propos une telle appréciation, n'en soit charmé. L'amitié qu'Aragon eut pour moi pendant plusieurs années vient à coup sûr de cet adjectif « sublime » qui donna à nos relations un tour particulier, non pas de maître à disciple, mais plutôt de deux artistes qui se trouvent des affinités. Une autre chose renforça le sentiment que nous éprouvions, c'est que je n'étais pas communiste, m'étant assez éloigné de la Révolution depuis mes vingt-cinq ans. Il ne m'en restait, comme on dit à présent, qu'une « sensibilité de gauche » grâce à laquelle je faisais figure, tout au plus, de sympathisant. Bref nous étions sur un tel pied qu'Aragon ne pouvait me traiter comme un général traite un sous-lieutenant, ce qui eût été le cas si j'avais été un des soldats de son armée prolétarienne. Je soupçonne qu'il était assez content d'avoir en moi un admirateur sincère de son génie, malgré tout ce qui aurait pu, politiquement, nous séparer.

Comment les liens se resserrèrent-ils entre Aragon, sa femme, la mienne et moi ? Comme ces choses-là se font généralement, c'est-à-dire par une curiosité et une découverte réciproques de nos complications. L'amitié est un tableau auquel on ne cesse de mettre de nouvelles touches de couleur ou d'affiner un trait. Le tableau de l'amitié entre les Aragon et nous avait toutes les raisons d'être réussi. Il était exotique, pour ne pas dire inusité et un peu hardi aux yeux des uns comme aux yeux des autres. Et puis il y avait cette subordination implicite de ma part qui tenait à une admiration sans bornes pour le grand aîné.

IV

RUE DE LA SOURDIÈRE

Nous allâmes plusieurs fois déjeuner chez Louis et Elsa. Ils habitaient un petit appartement rue de la Sourdière, près du marché Saint-Honoré. Dans mon souvenir, ce logis est garni de meubles de jardin et de fauteuils en rotin, ce qui faisait un ensemble très plaisant, avec quelque chose de bon marché, de provisoire, comme s'il s'agissait du campement d'un jeune couple. J'ai gardé aussi le souvenir d'un endroit très clair, très aéré, j'oserai presque dire « optimiste ». Les invitations venaient surtout quand Elsa et Louis rentraient d'un voyage en URSS dont ils avaient rapporté des boîtes de caviar qu'ils nous conviaient à partager avec eux. On ne se mettait que peu en frais, ni trop ni pas assez, juste ce qui convenait pour que, malgré la familiarité, il n'y eût pas d'équivoque sur la hiérarchie. Moi qui, à trente ans, étais encore d'un égalitarisme sourcilleux si ce n'est querelleur et qui ne reconnaissais personne comme m'étant supérieur, j'étais touché par la façon abandonnée, pour ne pas dire paternelle, dont nos hôtes en usaient avec ma femme et moi. Je ne savais pas encore que les vieux, même illustres, daignent volontiers séduire la jeunesse, comme celle-ci brûle de leur plaire.

Je n'ai jamais eu l'occasion – ou peut-être le goût – de retourner rue de la Sourdière depuis ce temps. Ce qui subsiste dans ma mémoire est l'étroitesse de la rue et le soleil qui entrait par les fenêtres. J'avais le bizarre sentiment que ce soleil-là n'était pas de notre époque, que c'était une sorte de soleil en conserve, qui datait de deux siècles au moins et qui éclairait à peu près les mêmes pierres que sous Louis XV. Cela tenait, je pense, à la personnalité d'Aragon, figure immense pour moi dans l'histoire de la littérature française. Fugitivement, j'avais l'illusion d'être à table avec Diderot ou Lamartine, et dans un lieu qui existait déjà du temps de ceux-ci.

A l'un de nos déjeuners qui doit se situer un peu après le retour du général de Gaulle au pouvoir, le 13 mai 1958, événement que j'avais, pour ma part, accueilli avec enthousiasme, Louis me demanda d'une voix négligente, mais où perçait quand même une trace d'inquiétude, si j'intercéderais en sa faveur, moi le gaulliste de toujours, connu comme tel, et par conséquent puissant personnage, au cas où il serait arrêté et, qui sait, mis en prison. Je crois me rappeler qu'il prononça des mots tels que : « Vous me protégerez, n'est-ce pas ? », ou encore « Vous parlerez en ma faveur », « Vous ne me laisserez pas tomber ». Ces adjurations me parurent si saugrenues que je les pris pour une plaisanterie. Toutefois l'air sérieux et fermé d'Elsa m'empêcha de rire. Ils étaient réellement inquiets l'un et l'autre. Comment diable avaient-ils conçu la folle idée que le gouvernement libéral du général de Gaulle pourrait éventuellement persécuter un homme de lettres et son épouse parce qu'ils étaient membres d'un parti d'opposition ? Ou pour quoi que ce soit, du reste.

Après avoir pris congé d'eux, je m'avisai, non sans amusement, qu'ils avaient été, ainsi que leurs amis politiques, les dupes les plus crédules des calomnies dont le parti communiste et l'ensemble de la gauche avaient couvert le Général. Pendant le temps que celui-ci fut au pouvoir, et après qu'il se fut retiré, ils n'avaient cessé de voir en lui un dictateur, un Mussolini, un Hitler français. Et voilà que ces propagandistes s'étaient pris à leur mensonge, lequel était devenu pour eux, à force qu'ils le répétassent, une vérité intangible. Il y avait encore autre chose chez Louis et Elsa, c'est qu'ils étaient fort accoutumés tous deux aux méthodes de Staline, mort depuis quatre ou cinq ans, et que Kroutchev avait commencé à révéler au monde. Peut-être y avait-il du Staline en de Gaulle ? Ni Aragon ni Elsa ne furent tracassés par la police gaulliste, évidemment, et ils finirent par se rassurer, mais cela prit quand même plusieurs mois. D'autant qu'ils étaient, en gens de parti, extrêmement méfiants et imaginant des noirceurs ou du machiavélisme partout.

V

CHAMBRE AVEC PIANO

Ce déjeuner de 1958 m'a fait anticiper sur mon récit. Un an auparavant, ou presque, vers le mois de septembre 1957, Elsa et Louis me proposèrent de m'emmener avec eux passer deux semaines en URSS. Il y avait là, de leur part, j'en suis convaincu, surtout de l'amitié. Cependant, je sentis dans cette invitation quelque chose que je qualifierai de mondain, comme s'ils désiraient montrer des terres leur appartenant et où ils faisaient figure de suzerains. Quant à moi, j'étais plein de curiosité et de convoitise. En 1957, l'URSS était encore un mystère. Les bourgeois, les libéraux, les journalistes, les politiques en parlaient comme d'un phénomène historique essentiel, et ceux même qui la haïssaient ne pouvaient s'empêcher de penser que peut-être elle représentait l'avenir de l'humanité. Etant tout aveuglé par l'égalitarisme de la Révolution française, j'étais presque effrayé à la pensée que j'allais enfin la voir de près, cette déesse Egalité, supérieure pour les Français à toutes les divinités politiques.

Plusieurs avertissements, toutefois, m'avaient été donnés que je n'allais rien trouver de semblable du côté du Kremlin. Cela avait commencé avant même notre départ. Elsa m'ayant dit que, durant notre séjour, nous verrions souvent sa sœur Lili Brik et le mari de celle-ci, Vassia Katanian, il me parut convenable d'apporter un cadeau spécialement raffiné et parisien à cette personnalité cosmopolite, à cette héroïne de l'histoire de la Russie, qui avait été la maîtresse du célèbre Maïakovski et que le suicide de celui-ci avait pour toujours entourée d'une auréole tragique.

Ayant de la méfiance pour les « surprises » qui ne font qu'embarrasser ceux à qui on les offre, je demandai à Elsa ce qui plairait à sa sœur et qu'elle ne trouvait pas à Moscou. Du parfum, me dit-elle, et plus particulièrement du parfum de Guerlain. Ce fut là la première fois que je fus effleuré par l'idée que mon voyage à Moscou ne me ferait pas seulement changer de pays mais aussi d'époque : comme j'allais ouvrir l'emballage du flacon afin de lui donner aux yeux de la douane soviétique l'air d'un objet usuel, Elsa m'assura que ce genre de précaution était, où nous allions, fort inutile.

A l'aéroport de Chérémétiévo, proche de Moscou, où notre Tupolev se posa, non seulement il n'y eut pas de formalités administratives ni de fastidieuses questions, mais encore on nous attribua une espèce de valet de pied – garde du corps pour nous guider, porter nos bagages, nous installer dans un salon où une délégation d'hommes de lettres et d'hommes politiques nous attendait avec un air obséquieux tout à fait plaisant à regarder. Aragon et Elsa reçurent ces hommages comme des personnes royales accueillies par des manants dans quelque humble chaumière. Je fus même surpris par leur changement d'attitude. Avec moi, ils se montraient aussi familiers et sans façon qu'on peut l'être; soudain voilà qu'ils étaient distants, condescendants, pointilleux sur le respect ou les égards qu'on leur devait. La délégation était bien consciente de son indignité. La renommée d'Aragon avait autant d'éclat, sinon plus, en URSS qu'en France. On lui avait décerné le prix Lénine qui était une espèce de Nobel communiste. En outre, la date de notre arrivée coïncidait avec l'anniversaire du grand homme
il avait tout juste soixante ans, ce dont, d'ailleurs, il était bien fâché, comme une femme qui atteint cet âge-là et pense mélancoliquement que le temps de plaire est fini. Cela me paraissait une réaction tres étonnante, non seulement parce que la gloire compensait bien la jeunesse envolée, mais aussi parce que, les années précédentes, Louis n'avait jamais cherché à dissimuler les marques du temps

sur sa personne. Il les avait même accompagnées pour ainsi dire, si ce n'est accentuées, autant dans son allure que dans son costume, et jusque dans la coupe de ses cheveux. Dix ans avaient passé depuis ma première rencontre avec lui dans son bureau de *Ce soir* ; le sexagénaire de 1957 n'avait presque plus de traits communs avec la sémillante figure parisienne de 1946. Le visage était un peu fripé, un peu ridé, ce qui, curieusement, en durcissait le dessin et lui donnait quelque chose de définitif qui montrait par avance l'image que l'avenir aurait de lui. Il n'y avait plus de recherche dans sa mise ; il était habillé d'un veston gris de tweed avachi qu'il portait en été comme en hiver ; cependant il était resté si svelte, d'allure si juvénile, que ce négligé lui allait aussi bien qu'un costume coupé par un habile tailleur.

Sur le moment, j'observai cette métamorphose sans en voir la raison cachée : en soulignant son âge plutôt que de le gommer, Louis se mettait au diapason d'Elsa, laquelle, malgré son raffinement et son élégance, commençait à tourner à la vieille dame. Lorsqu'elle fixait ses yeux vernissés sur lui, ce n'est pas de l'amour conjugal qu'on lisait dans ce regard, mais plutôt une interrogation anxieuse : « Est-il réellement plus jeune et plus génial que moi ? » Cela n'empêchait pas l'amour, qui était presque tout de son côté. Je ne pouvais m'empêcher de sentir, de sa part, un attachement, une dévotion pour Louis, tandis que celui-ci, tout délicat et attentionné qu'il se montrait et qui se sacrifiait constamment dans le but de lui plaire, n'avait pas d'amour pour elle.

L'Union soviétique avait prévu diverses réjouissances afin de célébrer les soixante ans de Louis. Cela avait commencé par la délégation de Chérémétiévo, qui était particulièrement fournie et enthousiaste. Les honneurs devaient culminer la semaine suivante avec un « konzert », c'est-à-dire une soirée d'hommage dans un théâtre de Moscou. Elsa et lui m'avaient parlé plusieurs fois de ce « konzert » avec un mélange de satisfaction et de moquerie qui montrait combien une telle consécration, digne du XIXe siècle, leur apportait de contentement. En attendant cette apothéose, j'admirais qu'un poète français fût ainsi fêté. J'étais déjà enclin à tout trouver charmant en URSS : ce déploiement d'amitié en faveur d'un compatriote mit un comble à mon émerveillement.

Nous étions arrivés assez tard le soir à l'aéroport. La nuit était tombée. L'image de la route de Moscou dans la lumière jaune des phares m'est restée dans la mémoire. L'hiver était déjà commencé et on voyait des traînées de neige sur les bas-côtés. Une flottille de longues automobiles noires nous transportait. J'occupais l'une d'elles en compagnie d'un jeune homme prénommé Vladimir-Lénine ou, par abréviation, Vladlène, qui m'avait été fourni par l'Association des écrivains soviétiques pour la durée de mon séjour en qualité de secrétaire-interprète. Je mesurai à cette munificence combien la faveur d'Aragon était puissante. Il ne faisait aucun doute que les bons Russes qui nous accueillaient, par le seul fait d'accompagner le couple sublime, étaient persuadés que j'étais moi-même un très haut personnage, tant dans la politique que dans les lettres. Vladlène me confia avec une certaine fierté que la longue voiture noire de marque « Zis » dans laquelle nous nous prélassions n'était autre que l'ancien véhicule de fonction du camarade Fadeev, qu'on m'avait attribué comme étant le plus approprié à ma grandeur. Qui était ce Fadeev dont le nom m'était vaguement connu ? Pour n'avoir pas l'air d'un ignorant, je me gardai bien de le demander. D'après les allusions et les sous-entendus, je devinai qu'il avait été pendant des années le président de l'Union des écrivains, et de ce fait, complètement inféodé au pouvoir. Je crus comprendre qu'il avait un peu survécu à Staline, après quoi on l'avait limogé, ou bien il était mort. En tout cas, l'immensité de sa Zis prouvait qu'il avait été un personnage considérable. L'attitude revêche et renfrognée du chauffeur le confirmait, ainsi que sa façon de conduire, qui était celle d'un homme habitué à ne tolérer aucun obstacle sur son chemin. Dès le lendemain, alors qu'il nous promenait, Vladlène et moi, dans les rues de

Moscou, je fus assez étonné de le voir bousculer avec l'aile de sa voiture une grosse femme qui ne se pressait pas assez de traverser la chaussée, à peu près comme un bouvier pousse une vache qui lambine.

Nous allâmes directement de Chérémétiévo à l'hôtel National, rue Gorki, près de la place Rouge, où une chambre m'avait été réservée. Cet hôtel était indiscutablement un palace, mais un palace de 1912 qu'on n'aurait pas très bien entretenu. Le hall d'entrée se recommandait par un tableau représentant Staline en pied, plus grand que nature. Cette œuvre, très influencée par le réalisme socialiste, n'était pas sans charme, encore que cela fût plutôt dû au sujet qu'à la manière dont il avait été traité. Rien n'était accueillant comme cette effigie, ces moustaches, ce manteau militaire, cette casquette, ces bottes, ce bon sourire. En contemplant cela, on était sûr que l'artiste avait « fait ressemblant », c'est-à-dire qu'il avait parfaitement rendu la bonté foncière de celui qu'on appelait « le Petit Père des peuples ». En entrant dans l'hôtel, on avait la certitude que l'on pouvait habiter en toute tranquillité et en toute sûreté un lieu placé sous une si benoîte invocation.

Ma chambre était située au deuxième étage, sur le palier duquel était installé un valet si chenu qu'il avait sûrement été engagé au temps du tsar. Je le vois encore, dans sa veste blanche, le crâne complètement chauve, le visage pendant et mélancolique comme celui d'un vieux chien de chasse. Auprès de lui se tenait une femme de chambre qui ne paraissait pas moins antique. Elle était assise devant un meuble bizarre, percé de trous, où étaient les clés des appartements qu'elle remettait aux clients qui rentraient dans leur chambre. Quoique Vladlène m'eût averti qu'en URSS on ne donnait de pourboire à personne, attendu qu'il y avait dans ce geste quelque chose d'humiliant pour le prolétariat, je glissai un billet de cinq roubles au valet d'étage. Je crus que le bonhomme allait se jeter à mes genoux et me baiser la main : j'avais, pendant un instant, ressuscité l'ancien régime. Il nous accompagna jusqu'à ma chambre, ce qu'il n'avait sans doute fait pour aucun client depuis octobre 1917, et tint à en ouvrir la porte lui-même.

En dépit de son immensité, cette chambre était très accueillante. Sa décoration et son mobilier n'avaient certainement pas changé depuis un demi-siècle ; aux yeux du voyageur arrivant dans un monde inconnu, cela lui donnait un air de déjà-vu ou de déjà-pressenti, de familier, de rassurant. J'y fus tout de suite sensible et me félicitai que l'on m'eût ainsi logé dans un endroit qui, s'il ne ressemblait pas formellement à ce qui avait été le décor de mon enfance, l'évoquait pour moi parce qu'il reflétait un goût commun de l'époque. L'abondance de meubles suggérait qu'on était dans un endroit opulent, luxueux, ancien, à l'abri des vicissitudes humaines. Il y avait deux ou trois fauteuils en trop, deux canapés, un excès de chaises capitonnées, une table, deux guéridons, un semainier, trois commodes, un bureau de style Biedermayer, des tableaux et des aquarelles aux murs, des tapis d'Orient sur le parquet. Le clou de cette exposition était un piano à queue noir, brillant, monumental (et parfaitement accordé, car je ne résistai pas, en entrant dans cette caverne de la Belle Epoque, à en effleurer quelques touches). Ce piano, si incongru dans une chambre d'hôtel et probablement unique de son espèce, est un des plus jolis souvenirs de mon voyage à Moscou.

Pour la première fois, j'ai couché là dans un lit fait à l'allemande, c'est-à-dire le drap non bordé et formant une espèce de housse à la couette. Je craignais que cet édifice instable ne tombât par terre au bout de quelques minutes, mais cela n'arriva pas, et même, je pris goût assez vite à cette façon de dormir, plus confortable, voire plus douillette, qu'on ne le croirait.

Le lendemain, en me réveillant, je trouvai ma chambre, dans la lumière mate et grise des matins moscovites à l'entrée de l'hiver, aussi amicale et grandiose que la veille. Le jour blafard pénétrait à travers les petits carreaux des doubles fenêtres. Dehors il ne devait pas faire plus de trois ou quatre degrés. J'eus là, sous mon édredon à l'allemande, un moment de bonheur enfantin, comme lorsqu'à huit, neuf ans on se sent pendant un instant, protégé, par la maison et la vie qu'elle renferme, des menaces du monde extérieur.

VI

LES FRANÇAIS EN VOYAGE

A huit heures et demie, on gratta à ma porte. C'était Vladlène, ruisselant de bonne humeur et que je jugeai également (mais je me trompais) bourré d'énergie, qui venait se mettre à ma disposition. Avant même d'enlever son manteau, il me tendit une enveloppe contenant deux mille roubles. Mon premier mouvement, en petit bourgeois occidental que j'étais, fut de repousser cette subvention incongrue, sinon corruptrice, mais Vladlène insista tant que je finis par céder. Du reste, c'était sa consigne : cet argent lui avait été solennellement confié par le comité directeur de l'Union des écrivains pour me souhaiter la bienvenue. Je ne devais pas considérer cela autrement que comme un bouquet de fleurs ou une corbeille de fruits. « C'est pour rapporter *pitit* cadeau à Madame », dit-il avec un bon sourire, afin que je fusse bien assuré qu'on ne cherchait pas à me suborner. Quel pays admirable que l'URSS, pensai-je, où non seulement on vous loge gratis, mais encore on vous donne de l'argent de poche ! C'est le seul endroit dans toute ma vie où cela me soit arrivé et je n'imaginais pas que cela pût m'arriver ailleurs.

Là-dessus, Vladlène me détailla les diverses excursions que l'on avait prévues pour me divertir ou pour m'instruire pendant les quinze jours à venir. « Tout ce qu'on voudra, dis-je, à condition de ne pas visiter d'usine ! – Ce n'était pas prévu », répliqua-t-il en riant. Son programme comportait tant de curiosités à inspecter que cela me confirma que l'on m'avait fourni un monstre d'activité. Il me fallut deux jours pour comprendre que ce gentil garçon était tout le contraire. Son inertie était digne du fameux Oblomov, le grand paresseux de toutes les Russies : il n'y avait pas pour lui de bonheur comparable à celui de rester dans ma chambre de l'hôtel National, affalé sur le lit, à rêvasser en contemplant le plafond. Il m'exhortait fort obligeamment à sortir, à me promener, à faire le badaud tout mon soûl, à rester le plus longtemps possible dehors. Il me donna le sésame de la vie à Moscou : « Quand vous aurez envie d'entrer quelque part, vous n'avez qu'à dire *délégatsia*. Comme ça, vous allez partout sans payer. » J'ai gardé néanmoins plusieurs souvenirs de nos déambulations, telles qu'une descente au grand magasin du Goum, où j'achetai une toque de fourrure qui me parut le comble de l'élégance et de l'exotisme.

Au fond, je comprends un peu la paresse de Vladlène : c'est que je lui demandais de me montrer le Moscou classique, tel que le décrivent les livres ou les guides touristiques, et qu'il connaissait tout cela par cœur. Ainsi le traînai-je au mausolée de la place Rouge, pèlerinage qu'il avait déjà dû faire trente fois, mais qui me captiva. Je restai un bon quart d'heure à contempler Lénine et Staline étendus côte à côte derrière une vitre, enveloppés de drapeaux en métal jusqu'à la ceinture. Autant Staline était beau et serein dans le repos éternel, autant Lénine était laid. Son visage, qui ne reflétait aucune paix, était piqueté d'une barbe de huit jours. « Tout de même, on aurait pu le raser avant de l'embaumer », chuchotai-je à Vladlène, qui m'expliqua en pouffant silencieusement que les embaumeurs avaient raté le défunt et qu'il leur avait fallu recommencer le travail ; cela avait duré plus d'une semaine pendant laquelle la barbe n'avait pas cessé de croître. Quant à Staline, ses petites mains crochues recroquevillées sur son drapeau de cuivre, comme s'il tâchait de retenir quelque chose de la vie et du pouvoir, me fascinèrent tant que je les vois nettement aujourd'hui, cinquante ans après.

Etre transporté en une journée du monde démocratique dans une société féodale, où une poignée de nantis mènent une vie opulente et sans contrainte (si ce n'est de « bien penser »), faire partie temporairement soi-même, sans l'avoir mérité, de cette caste de privilégiés, ressemble à un conte de fées. Tout m'étant offert en URSS, je désirai, dès mon premier matin, manger du caviar au petit déjeuner. C'était en quelque sorte un de mes fantasmes ; je pouvais enfin le réaliser gratis. Vladlène m'encouragea fort dans ce caprice et poussa l'obligeance jusqu'à faire lui-même la commande. J'appris ainsi que caviar en russe se dit *ikra*. Le plat me fut servi avec un grand luxe d'argenterie, de cristaux et de glace pilée. On y avait adjoint un carafon de vodka et une bouteille d'eau minérale dont le nom s'est gravé depuis ce temps dans ma mémoire : source de Narzan... A la première bouchée, mon fantasme disparut. Rien n'est écœurant comme de manger du caviar et de boire de la vodka à jeun. On a l'impression d'un jet de feu sur du poisson cru. Vladlène, sagement, n'avait demandé pour lui qu'une tasse de café accompagnée de tartines.

Je ne me rappelle plus dans quel hôtel Aragon et Elsa étaient logés. Peut-être habitaient-ils chez la sœur d'Elsa qui occupait avec son mari un appartement assez grand dans le quartier d'*Arbat*. Vladlène, lorsqu'il m'y conduisit le lendemain de mon arrivée, ne manqua pas de me faire remarquer que les maisons, un peu trop surchargées d'ornements, de volutes et de cariatides, avaient un air majestueux et cossu caractéristique du style architectural appelé

« baroque-Narychkine ». L'appartement de Lili et de Vassia n'était pas situé dans le plus imposant de ces immeubles, mais cela n'empêchait pas qu'il fût vaste et confortable. Le seul fait qu'ils en eussent la jouissance montrait la haute estime dans laquelle le régime les tenait. Autant que je pus en juger, ils menaient une existence facile, très semblable à celle des bourgeois aisés du monde occidental. Pour les servir et tenir le logis, ils employaient une femme de ménage qui venait le matin et repartait à la nuit. C'était une belle personne au visage avenant ; elle me fut sympathique dès le premier regard par sa bonne humeur et son entrain. Il était clair qu'elle était très contente, sinon même assez fière, de sa place et flattée par la familiarité de sa patronne qui la traitait en amie plus qu'en domestique. En outre, avoir un travail n'était pas le lot de n'importe qui. Elle était mère d'une petite fille, qu'elle emmenait quelquefois avec elle et qui était mignonne comme un ange de l'Ecole flamande. Je la rencontrai une fois dans le vestibule. Lili me la présenta solennellement. Je donnai un baiser sur la joue de l'ange et, pour dire quelque chose, je lui demandai son âge. Elle fit une réponse que Lili me traduisit en souriant : « Deux petites années. »

J'ai conservé une photographie datée d'octobre 1957 où l'on nous voit tous les cinq, les deux couples et moi, dans un coin de salon. Tout le monde paraît heureux et gai, particulièrement Lili, perchée sur le bras d'un fauteuil, le visage éclairé par un mélange de plaisir et de politesse. Louis et Elsa sont un peu plus graves, comme si quelque tracas les habitait à ce moment-là. Vassia, dans le bord de la photo, n'a l'air d'être là que parce qu'on le lui a demandé. Du reste, la première chose qui me frappa chez lui, et qui ne se démentit pas pendant quinze jours, fut sa discrétion, comme s'il était intimidé d'être admis dans la société de personnages immenses comme Aragon, Elsa et même sa propre femme.

En quinze jours, je passai de nombreux moments en compagnie de ceux-ci, mais il ne m'en reste à peu près aucun détail vécu. Ma mémoire n'a gardé que des impressions ou des sentiments. Je ne laissais pas d'être étonné par la différence de caractère entre les deux sœurs. Autant Elsa était vive, peu endurante, irascible, voire hautaine, avec, soyons juste, des éclaircies charmantes dans l'humeur, autant Lili paraissait indulgente, complaisante, douce, amène. Quant à Louis, il m'est resté de lui une image inattendue : il ne cessait de pester contre la vie en URSS, où, selon lui, tout était lourd, compliqué, incommode, rétrograde, désuet, absurde. Rien ne trouvait grâce à ses yeux dans ce pays et dans ses habitants, pour lesquels j'avais, moi, tant d'inclination. L'URSS me plaisait par ses paysages, ses rues, ses forêts de bouleaux, la bonhomie affectueuse des gens, leur fatalisme et jusqu'à leur paresse. Une formule m'avait traversé la tête à cette époque : à savoir que Moscou était quelque chose comme Naples dans un climat froid. Comment ne pas aimer Naples et les Napolitains ? Aragon se plaignant de tout était le portrait même du touriste gaulois à l'étranger, qui n'est jamais content et ne cesse de faire des comparaisons avec les perfections de la France. Son attitude envers les bons Russes qui avaient affaire à lui s'en ressentait : il ne les traitait pas à proprement parler comme des chiens, mais il les écrasait de son crédit, de son éclat, de sa gloire internationale, de tout son génie de poète, de la supériorité en quelque sorte métaphysique qu'il avait d'être né à Paris. Je n'imaginais pas autrement un maréchal d'Empire en occupation dans un pays conquis, accordant des audiences, faisant attendre dans son antichambre les plus importants personnages, leur adressant dédaigneusement quelques mots quand enfin il daignait les recevoir. En même temps, par une curieuse contradiction, on sentait chez lui un réel intérêt, une sollicitude attentive lorsqu'il lui arrivait de constater les progrès de l'URSS dans l'émancipation et la modernité.

VII

THÉBAÏDE EN AUTOMNE

L'objectif de Louis et d'Elsa, en me conviant à les accompagner dans leur voyage, était, avant tout, de me faire plaisir, mais aussi de me montrer dans les meilleures conditions un univers peu connu dans sa vérité profonde malgré la curiosité avec laquelle le reste du monde, depuis quarante ans, le scrutait. Vladlène étant censé me montrer les apparences, ils considéraient que c'était à eux qu'il revenait de me dévoiler l'envers de la vie soviétique. Ainsi, entre autres, m'emmenèrent-ils déjeuner chez un écrivain très bien installé dans la renommée et dans la vie : Vsevolod Ivanov. Celui-ci habitait avec sa famille un village situé à une quarantaine de kilomètres de Moscou : Pérédelkino, endroit fort pimpant, respirant l'aisance et le luxe, qui me fit songer à certains coins particulièrement jolis du Vésinet. On m'expliqua que Pérédelkino était un lieu privilégié, une sorte de Thébaïde, où les écrivains et les artistes qui faisaient honneur à l'URSS vivaient sans souci d'argent ni de service dans de grandes villas mises à leur disposition par le gouvernement. On ne me dit pas ce qu'on exigeait d'eux en échange, mais cela n'était pas difficile à deviner, et j'avoue que cela me gâta l'harmonieux paysage, les élégantes datchas, les fleurs, les jardins, les gazons : le loyer de ces belles choses eût été trop élevé pour moi.

Vsevolod Ivanov était plus ou moins contemporain d'Aragon, c'est-à-dire qu'il avait la soixantaine. Il vivait à Pérédelkino avec sa femme, une nombreuse famille et deux ou trois domestiques dont les prévenances et la bonne humeur révélaient qu'ils étaient très contents de leur sort. Quant à lui, c'était un hôte charmant, il recevait ses invités avec affabilité et prodigalité, comme l'eût fait un propriétaire terrien au temps de Tchekhov. Avoir vécu à Pérédelkino et en être un jour chassé pour une impertinence ou une plaisanterie imprimée étourdiment devait être déchirant ; je comprenais à la rigueur qu'ayant une fois gagné ce paradis, les élus se contraignissent quelque peu pour y rester. Vivre au XXe siècle comme on vivait au XIXe, c'est plus que délicieux, c'est quasiment surnaturel.

La maison était bien chauffée ; par les fenêtres de la salle à manger, on voyait, non sans satisfaction, l'hiver qui commençait à s'installer sur la campagne. Il me semble que le déjeuner fut très abondant, très varié et excellent. C'était de la bonne cuisine traditionnelle russe que j'honorai avec l'appétit que j'avais en ce temps-là. On commença le festin par un potage appelé *borschok* fait avec des tomates aigres, puis vinrent les *pirojki*, petits pâtés à la viande ou au chou, cuits au four. La vodka qui les accompagnait était exceptionnellement savoureuse, parfumée par une branchette d'une plante marinant dans la bouteille. Après quoi, on servit du vin de Crimée pour boire avec les côtelettes Pojarski. Le dessert était composé de *vatrouchki*, sortes de gâteaux à la crème dont, comme dit Saint-Simon, « je me crevai », avec d'autant plus de facilité que je les ponctuais de gorgées de cognac du Caucase. Je crois sincèrement qu'en cette occasion je fis honneur à la France et que je n'ai pas laissé chez mes hôtes la réputation d'un petit mangeur et d'un petit buveur.

Je ne pense pas non plus avoir donné le spectacle d'un lourdaud. Dès mon arrivée chez les Ivanov, je m'étais senti tout à fait à l'aise ; quant à la conversation, qui avait lieu moitié en français moitié en russe, c'était, si j'ose dire, une « conversation de caste » telle qu'on en entend partout en Europe et en Amérique, mélange de légèreté, de complicité, de sous-entendu, d'ironie, d'idées à la mode, de rosseries, avec de temps à autre une remarque d'une justesse inattendue. Je connaissais bien ce ramage !

Il m'est arrivé avec les Ivanov ce qui m'est arrivé avec Vladlène et tant d'autres personnes qui me plaisaient ou en qui je sentais de l'amitié pour moi : après cette journée passée en leur compagnie et au cours de laquelle Louis et Elsa se montrèrent aussi gais, insouciants, sans arrière-pensée que le permettait leur nature, je ne les revis plus jamais. Qui occupe aujourd'hui, à leur place, la belle villa de Pérédelkino ? Le nouveau régime de la Russie qui semble n'avoir plus besoin d'écrivains ou d'artistes « dans la ligne » a-t-il conservé ou désaffecté la Thébaïde ?

J'ai gardé très présente à l'esprit une autre sortie avec Aragon, Elsa et Lili. C'est moi d'ailleurs qui leur demandai de faire cette expédition en ma compagnie : je désirais beaucoup visiter le musée Maïakovski. J'avais tant entendu parler de ce poète par ses admirateurs et par Elsa qui l'avait traduit en français, qu'il me paraissait dans son genre aussi fondamental qu'Apollinaire. Le fait d'être là avec Lili m'échauffait l'imagination. Le musée n'était autre que l'appartement qu'avait occupé le poète, conservé intact, au point qu'on avait l'illusion qu'il faisait un voyage et qu'il allait revenir le lendemain chez lui. On voyait ses costumes dans une armoire et jusqu'à ses paires de chaussures qui me frappèrent par leur dimension. Cet homme-là devait chausser du 48 ou du 50, ce qui donnait une idée du géant qu'il était. Je craignais que Lili, retrouvant des lieux qui lui avaient été chers autrefois, en serait peut-être remuée et je me reprochai d'avoir insisté pour qu'elle vînt, mais elle ne manifesta aucun trouble : elle nous conduisit à travers l'appartement qui n'avait pas plus de trois pièces avec le détachement d'une maîtresse de maison faisant les honneurs de son domaine. Je pensai que beaucoup de temps avait passé depuis le suicide de Maïakovski, beaucoup d'événements, et qu'il était assez normal, en somme, que Lili considérât son passé avec une certaine tranquillité intérieure. Elsa concourait puissamment à cet apaisement. Les deux sœurs s'aimaient passionnément. Cela se remarquait dès la première minute où on les voyait ensemble et ne sût-on rien de leur parenté, tant était fort le courant d'amour qui passait de l'une à l'autre. Autant qu'il me parut, Elsa était plus aimante encore que Lili : c'était elle la plus forte, la plus résistante, la plus célèbre, l'épouse du plus grand poète contemporain, l'auteur de plusieurs livres dont l'un avait eu le prix Goncourt. Elle avait pour ainsi dire une carrure que Lili n'avait plus ou n'avait jamais eue.

Une autre visite, faite avec Vladlène, me laissa le curieux sentiment, comme dans l'appartement-musée de Maïakovski, de commettre une indiscrétion, d'entrer en fraude dans l'intimité de quelqu'un : celle de la maison de Tolstoï. Là aussi, le maître semblait sorti pour une promenade. Il était évident que rien n'avait été touché depuis la révolution de 1917. Tout était à l'identique. Non seulement la disposition des meubles, les tableaux, les livres, la boîte à ouvrage de la comtesse Tolstoï, le petit fouillis grâce auquel un logis paraît habité, mais encore on avait rafraîchi périodiquement les peintures, remis tel objet à la place qu'il avait cinquante ans plus tôt. Le plus saisissant était la pèlerine du maître de maison pendue à une patère dans le vestibule au-dessus de sa paire de bottes. J'eus une espèce de vertige en entrant, au premier étage, dans la « chambre des enfants » dont les murs avaient jauni avec les années. C'était soudain le décor des *Petites Filles modèles* se superposant à *Guerre et paix*. Cette chambre intacte, garnie de tous ses jouets, parmi lesquels un cheval à bascule centenaire, rougeâtre, à la crinière mitée, et où avaient joué des gamins morts aujourd'hui ou devenus de très vieilles gens exilées aux quatre coins du monde, avait quelque chose de métaphysique dont je fus, pendant un instant, étourdi, ce qui n'empêcha pas que me traversât l'idée qu'il y avait dans le caractère russe une étrange nostalgie qui poussait les soviets les plus futuristes à conserver le passé dans ses moindres détails, quasiment à l'embaumer.

La gardienne de la maison Tolstoï était une grosse personne en blouse grise qui surveillait les quelques visiteurs avec l'œil d'un sous-officier inspectant des hommes de troupe. Elle tenait le milieu entre la conservatrice et la femme de ménage. Le parquet était si bien ciré, si luisant, sentant si bon l'encaustique, qu'elle exigeait qu'on ne circulât que sur des patins de feutre. Elle en entreposait deux ou trois douzaines de paires dans un bahut du vestibule d'entrée, et d'autres encore à l'étage.

Je ne sais pourquoi dans ma mémoire la maison de Tolstoï semble être entourée d'un terrain vague et de palissades. Peut-être faisait-on là, alors, des travaux de voirie. C'était une bâtisse assez simple, presque modeste, sans beauté architecturale, une sorte de demeure campagnarde en plein Moscou. Mais quarante-cinq ans ont passé sur cette vision et peut-être n'a-t-elle rien de vrai, sinon la marque qu'elle a laissée dans ma sensibilité.

VIII

LES NUITS DE SAINT-PÉTERSBOURG SONT FRAÎCHES

Il avait été prévu, dans le plan de mes déplacements culturels, que j'irais deux jours à Leningrad. Ce fut une grande affaire pour Vladlène, chargé de cette escapade, et qui s'employa, avec une énergie inattendue, à l'organiser.

De Moscou à Leningrad, il y avait, en 1957, neuf heures de chemin de fer. Vladlène et moi, nous occupions un compartiment de wagon-lit qui, avec le recul du temps, me paraît étrangement vaste. Peut-être l'était-il réellement, attendu que les voies ferrées russes sont plus écartées que dans le reste de l'Europe.

A cette époque, j'avais une curiosité inlassable pour les villes et leurs beautés. Du taxi qui nous transporta de la gare à l'hôtel, je mangeai des yeux les superbes palais de Leningrad, les nobles avenues, les jolis quais de la Néva, comme on feuillette un livre qu'on sait que l'on dégustera plus tard à loisir. Quoiqu'il n'y eût pas de neige sur les trottoirs, ou peu, il me semblait que je voyais ce paysage à travers une vitre gelée. Cela tenait au ciel qui était d'un bleu inaltérable et au soleil froid qui l'illuminait. Le taxi nous déposa à l'hôtel Astoria où nous étions attendus. C'était un palace défraîchi comme l'hôtel National, mais dans un autre genre. L'ambiance, les tentures passées des salons, la décoration, l'ameublement avaient quelque chose de féminin. On y mettait volontiers par la pensée des dames de 1910, avec leurs corsets et leurs grands chapeaux.

Ma chambre n'était ni aussi grande ni aussi meublée que celle de Moscou ; en revanche, les murs étaient couverts, de haut en bas, de tableautins, de dessins, de sanguines, d'aquarelles, si serrés les uns contre les autres qu'on voyait à peine la tenture dans les interstices. Je crois que le lit était dans une espèce d'alcôve. L'ensemble avait un genre moitié cocotte moitié vieux bourgeois. Je n'y restai pas dix minutes, pressé que j'étais de me promener dans « Saint-Pétersbourg », comme j'affectais de dire, ce qui plaisait à Vladlène, lequel adopta aussitôt cette appellation quarante ans avant qu'elle ne fût officiellement rétablie.

Cette ancienne capitale, magnifique et délabrée, me causa le même sentiment de mélancolie que j'éprouvais chaque fois que j'allais à Versailles et je fus saisi par la ressemblance des deux villes. Elles avaient eu la même destinée, à savoir d'être nées et mortes artificiellement. L'une et l'autre étaient sorties de la tête d'un despote. Chacune était en soi une œuvre d'art et, en tant que telle, paraissait odieuse au peuple, pour qui beauté est synonyme d'oppression ou de mépris.

Saint-Pétersbourg est un mélange heureux de géométrie et de fantaisie. La fantaisie est due aux architectes italiens qui ont élevé partout des palais baroques verts et roses. Le célèbre palais d'Hiver a l'air d'un énorme gâteau à la crème. La géométrie réside dans le tracé de la cité. N'ayant que deux jours pour tout voir et ne voulant pas repartir sans avoir exploré le moindre recoin, je surmenai le pauvre Vladlène qui supporta héroïquement ces marches forcées, et même, animé d'un zèle inusité, m'emmena jusqu'à la forteresse Pierre-et-Paul où furent emprisonnés les décembristes puis, plus tard, Dostoïevski, et à la cathédrale où se trouve le tombeau du czar Pierre le Grand dont Mérimée, bon connaisseur de l'histoire russe, disait qu'il était « un horrible homme entouré d'horribles gens ». Je remarquai non sans amusement que de pieuses mains avaient déposé des pots de géraniums et de chrysanthèmes sur la tombe de l'horrible homme, dont la postérité vénère le nom, comme elle le fait généralement pour les buveurs de sang.

Inutile de parler du musée de l'Ermitage dont tout le monde connaît les trésors. Je fus surpris d'y découvrir, dans une salle écartée quand même, des tableaux de Matisse. Je croyais que cette sorte de peinture là était interdite de séjour en URSS. Une des splendeurs du palais m'éblouit : les grandes salles aux colonnes et aux murs couverts de malachite. Rien n'est beau comme cette espèce de marbre vert qui donne une impression à la fois grandiose et intime, et dont le génie artistique russe sait très bien tirer parti.

Un autre endroit où je traînai Vladlène est la cathédrale de Kazan dont la noble façade domine la perspective Nevski. Elle était désaffectée depuis la Révolution et on en avait fait un musée antireligieux consistant principalement en tableaux et gravures représentant des moines paillards en train de lutiner des paysannes plus ou moins récalcitrantes, de compter des piles de pièces d'or avec un rire démoniaque, ou de s'empiffrer de nourriture, ainsi qu'en une collection d'instruments de torture dont était censée s'être servie l'Inquisition au Moyen Age. Le plus terrible était une chaise de fer, dont une notice donnait le mode d'emploi : on la chauffait au rouge et on forçait le supplicié à s'asseoir dessus le cul nu. Cet objet me sembla un peu neuf pour avoir quatre cents ans d'âge. Il y a une certaine ingénuité dans la grosse propagande des musées antireligieux. Celui qu'abritait la cathédrale illustrait ce genre à merveille et j'eus un peu de difficulté à me retenir de rire devant certaines scènes représentant des popes en cire grandeur nature administrant le knout à des pénitentes troussées jusqu'au menton, également en cire, ce qui ne les empêchait pas de faire des grimaces de douleur.

Vladlène préférait de beaucoup les divertissements aux expéditions dites « culturelles ». Le Grand Cirque de Moscou étant à Leningrad en même temps que nous, il s'ingénia à obtenir (probablement gratis) deux billets pour la soirée même. Il m'expliqua que ce cirque était une chose unique, beaucoup plus intéressante que le palais Ioussoupov où l'on assassina Raspoutine, que les quais de la Néva et même que le monastère Smolny dont l'architecture est délicate comme la taille et la monture d'un bijou.

Le cirque est un spectacle très agréable parce qu'il est toujours le même : les fauves, les augustes.

la cavalerie, les trapézistes, etc. Certains cirques sont supérieurs aux autres. C'était le cas du Cirque de Moscou mais il lui aurait fallu plus d'invention, si ce n'est d'originalité qu'il n'en déploya, pour que je me souvinsse d'un de ses numéros. Ce que je n'ai pas oublié, en revanche, est une jolie scène qui se déroula non pas dans l'arène, mais au dixième ou douzième rang des gradins, où j'étais placé avec Vladlène. A ma gauche était assise une vieille dame qui accompagnait un petit garçon. Ecoutant Vladlène me traduire les facéties du clown Popov, grande vedette de ce chapiteau, la vieille dame nous fit un beau sourire et nous dit dans un français un peu fleuri et désuet, avec l'accent roucoulant des Slaves, qu'elle était fort émue d'entendre, ici, à Leningrad, deux jeunes gens distingués s'entretenir dans la belle langue qu'utilisaient autrefois les personnes bien nées et qu'elle avait apprise elle-même dès son enfance. D'ailleurs elle avait tenu à ce que son petit-fils apprît le français à son tour. « N'est-ce pas, Lioulik ? » ajouta-t-elle en se tournant vers le gamin. « *Da, babouchka* » , répondit celui-ci. « Dites-lui quelque chose en français, *gospodine* », me demanda la bonne dame avec une légère supplication dans la voix à quoi je ne résistai pas. « Je suis, tu es, il est... » récitai-je au jeune Lioulik dont le visage s'éclaira et qui s'écria : « Nous sommes, vous êtes, ils sont !... »

La plus belle chose que je vis à Leningrad, ou tout au moins celle qui me resta la plus présente à l'esprit dans les années qui suivirent, fut le monastère Smolny mentionné ci-dessus. Je retournai plusieurs fois contempler ce chef-d'œuvre, à toute heure du jour, en oubliant que la nuit tombe tôt dans ces régions et que la température fraîchit notablement. Moyennant quoi, j'attrapai le plus beau rhume de ma vie, au point que Vladlène me conduisit dans une pharmacie qui me surprit et me rajeunit soudain de trente ans, car elle était semblable aux officines dans lesquelles on m'emmenait quand je m'étais écorché le genou, c'est-à-dire qu'on n'y voyait guère de spécialités médicales, mais beaucoup de substances fondamentales pour soulager l'humanité souffrante. Le pharmacien remplit d'huile goménolée une fiole munie d'un compte-gouttes et m'assura qu'avec cela mon coryza ne durerait pas deux jours. Le plus curieux est que ce brave homme avait raison. J'ai expérimenté peu de médicaments aussi efficaces que l'huile goménolée de Saint-Pétersbourg.

IX

APPARITION DE COURTADE

En rentrant à Moscou, j'eus une agréable surprise : mon ami Pierre Courtade débarqua à l'hôtel National. C'était une sorte de frère d'armes que je retrouvais inopinément. Nous nous étions connus en 1943 à Lyon au sein du mouvement de résistance « Libération » auquel nous appartenions tous les deux. Courtade était un garçon fort brillant : normalien, je crois, trouvant toujours le mot pour rire et doué d'un genre d'esprit à tout tourner en bouffonnerie. Je l'avais assez perdu de vue depuis notre jeunesse et nos périls, sans ignorer, cependant, qu'il avait été fidèle à ses idées de gauche et s'était, à la Libération, enrôlé dans le parti communiste, comme on épouse une maîtresse, afin de régulariser le couple qu'on forme avec elle. Il est singulier que, malgré son intelligence, son esprit critique, son caractère frondeur, la manière irrespectueuse dont il en usait avec les hommes et les idées, son cynisme, il ne soit pas arrivé à se faire haïr de ses camarades. Circonstance aggravante, il était l'auteur de deux ou trois livres qui n'étaient même pas mauvais. En dépit de tout cela, il avait grimpé assez vite dans la hiérarchie. En 1957, lorsque je le revis, il était un personnage qui avait son mot à dire au comité central si ce n'est au bureau politique. Rédacteur en chef de *L'Humanité* par-dessus le marché, donc oracle des militants. J'ignore ce qu'on l'avait envoyé faire en URSS ou si seulement il était là en pèlerinage, comme un musulman va à La Mecque. Quoi que ce pût être, cela ne lui prenait guère de temps. Dès qu'il sut que j'étais là, logé dans le même hôtel que lui, il courut à ma chambre et se jeta quasiment dans mes bras. Je lui présentai Vladlène qu'il tutoya aussitôt, comme un colonel tutoie un deuxième classe. Cela n'offusqua en rien ledit Vladlène, qui parut, au contraire, charmé de cette familiarité. Il avait une propension à sourire et à se montrer content de tout. Ses joues rondes et son nez pointu s'épanouirent à l'arrivée de Courtade qui avait bien plus que moi l'âme d'un chef et savait tirer le meilleur parti des hommes. Je crois que Courtade avait été fort heureux de me trouver à Moscou où il ne connaissait personne et où il pensait qu'il allait beaucoup s'ennuyer. Il s'agrégea à Vladlène et à moi et de notre duo fit un trio. Vladlène excitait sa verve ; il ne cessait de le taquiner, de lui taper dans le dos, de lui poser des questions saugrenues, de l'appeler Ivan Karamazov ou prince Mychkine, ce que l'autre prenait avec sa bonne grâce et ses rires habituels. Courtade n'en revenait pas de me voir dans mon arroi de potentat socialiste ; il était émerveillé par la chambre, le piano à queue, l'entassement des meubles au milieu desquels je dormais. Ce qui l'impressionnait le plus était les égards, pour ne pas dire la dévotion, que me témoignait le vieux garçon d'étage à qui j'avais continué de glisser des pourboires. Je crus remarquer que, malgré son sans-façon et sa jovialité, il blâmait à part lui les rapports amicaux, voire égalitaires, que j'entretenais avec les moujiks.

Vladlène, dans le cadre de nos raids culturels, avait organisé une expédition au monastère de Zagorsk qui se trouve à soixante ou quatre-vingts kilomètres de Moscou. Dès que Courtade connut ce projet, il n'eut de cesse qu'on l'y associât. J'étais, pour ma part, très content de cette recrue sur laquelle je ne comptais pas, car la conversation avec Vladlène tenait le plus souvent du rabâchage amical. Courtade, à l'inverse, avait tout le temps des saillies, il m'appelait Arthur, qui avait été mon nom de guerre autrefois, ce dont j'étais attendri, il était plein de bons mots, de calembours, d'anecdotes scabreuses ou bouffonnes, de paradoxes politiques. Je me rappelle en particulier une apologie de la fraude électorale, très désirable, selon lui, car elle économise les révolutions, c'est-à-dire des hectolitres de sang répandu, et opère l'éviction sans douleur de la majorité de droite au pouvoir.

Nous partîmes tous les trois dans la Zis de Fadeev conduite par le chauffeur bougon qui, soit qu'il fût exagérément prudent, soit qu'il nous manifestât ainsi son mécontentement qu'on l'obligeât à travailler, ne roula guère, pendant tout le trajet, qu'à soixante à l'heure. Sans Courtade et ses drôleries, j'en aurais été exaspéré, d'autant que la route était quasiment déserte. Vladlène, laissant la place arrière de la voiture aux deux grands seigneurs dans la compagnie desquels il avait l'honneur de se trouver, s'était modestement assis à côté du chauffeur. Mais comme il ne voulait rien perdre de notre étincelante conversation, il tournait sans cesse vers nous sa face hilare et ses grosses joues.

Zagorsk est une sorte de « complexe » religieux groupant, à l'intérieur d'un mur d'enceinte, plusieurs églises qui n'ont jamais cessé d'être consacrées, je crois bien. L'ensemble, quoiqu'un peu entassé, est fort joli et bien entretenu, les murs périodiquement repeints en blanc, en bleu pâle, en vert, en rose et les nombreuses coupoles bulbeuses recouvertes d'or. Les popes qui desservent ces sanctuaires et leurs familles (généralement nombreuses) vivent dans des bâtiments annexes, parmi lesquels un musée où est exposé un uniforme de Pierre le Grand qui permet de constater que le vainqueur de

Poltava n'avait rien d'un nabot. Je me rappelle aussi, Dieu sait pourquoi, quelques chaises de style Louis XV en bois peint en blanc, qui meublaient les salles du musée.

Le plus étonnant dans Zagorsk était l'affluence des fidèles. Des centaines de personnes faisaient la queue en attendant que les portes du monastère s'ouvrissent afin d'assister à la messe. C'était de petites gens, des hommes de la campagne avec leurs enfants, des kolkhoziens en bottes et en touloupe, des paysannes avec des foulards sur la tête et des jupes qui leur descendaient jusqu'aux chevilles. Tous étaient recueillis et silencieux. On voyait que plusieurs d'entre eux étaient venus d'assez loin. Cette ferveur me confirma dans une idée que j'avais alors : que le renouveau du christianisme serait l'œuvre de la Russie où il avait été si persévéramment extirpé par les soviets. A Zagorsk, on constatait qu'en quarante ans, on n'était pas parvenu à éteindre cette petite flamme dans le cœur du peuple.

Nous expédiâmes Zagorsk assez vite, car lorsqu'on a vu une église, on les a vues toutes, quoique de l'une à l'autre l'iconostase ne soit jamais tout à fait la même, tant à cause des sujets que par le talent des peintres. Nous assistâmes quand même à une messe qui me toucha, avec ses chants et ses popes aux belles voix, ce qui ne m'empêchait pas de jeter par en dessous des coups d'œil à Vladlène et à Courtade, qui périssaient d'ennui et faisaient des efforts pour ne pas le montrer.

Quand la cérémonie prit fin et que nous nous retrouvâmes dehors, Vladlène, qui avait étudié le sujet et qui avait envie de me faire plaisir, nous expliqua que les rapports entre l'Eglise orthodoxe et l'Etat soviétique n'étaient pas aussi simples qu'on voulait le faire croire ; il nous donna l'exemple du patriarche Alexis que Staline tenait en haute estime. Il avait efficacement contribué à l'effort de guerre entre 1941 et 1945 en apportant toutes les semaines au Kremlin des sacs pleins de billets d'un ou deux roubles tout sales, tout froissés, qui étaient le produit des quêtes faites dans les églises non désaffectées de l'Union et dont le patriarche était le chef suprême. L'arrivée de celui-ci dans sa *Zis* épiscopale, les portes du Kremlin s'ouvrant respectueusement devant le saint véhicule, Staline en personne descendant de son cabinet de travail afin de faire honneur à son bailleur de fonds hebdomadaire, tout cela faisait un tableau vraiment inattendu que Vladlène, qui était inspiré ce jour-là, nous peignit à la perfection. Le Père des peuples et l'homme de Dieu se souriant et se donnant la main au-dessus des sacs (en jute peut-être, ou en grosse toile), quel symbole de l'union sacrée !

Notre grand tour de Zagorsk et notre messe nous ayant affamés, nous allâmes manger un bortsch et des harengs dans une gargote proche du monastère. On nous installa dans une salle désolante et vide, à l'exception d'un couple de jeunes gens assis à quelques tables de nous. Le garçon et la jeune fille n'avaient guère plus de vingt-cinq ans. On lisait leur dénuement dans leurs habits usés et leur teint grisâtre de gens mal nourris depuis l'enfance. Ils étaient serrés l'un contre l'autre autant par tendresse que parce qu'ils avaient froid dans leurs vieilles nippes. Courtade en les apercevant donna un coup de coude dans les côtes de Vladlène et lui dit en pouffant : « Regarde, regarde, c'est Anna Karénine et Vronski ! » Il était si content de cette remarque qu'il la répéta une fois ou deux. Je pense que ce n'était pas méchanceté de sa part ou insensibilité mais simplement le désir de dire une drôlerie, de faire une comparaison bouffonne, car rien, vraiment, n'évoquait moins l'aristocratie tolstoïenne que ces deux pauvres oiseaux perdus.

X

MOLOTOV A DES DOMESTIQUES

Mon séjour en URSS fut si bien arrangé, mon temps si bien employé que je ne discerne pas une trace d'oisiveté ou d'ennui dans mon souvenir. Vladlène, qui tirait volontiers au flanc dans la journée s'animait le soir, de telle sorte que, pendant quinze jours, il ne m'arriva à peu près pas de me coucher avant minuit ou deux heures du matin. Comme beaucoup de ses compatriotes, Vladlène était fort amateur de ballets et il m'emmena à trois théâtres où l'on en donnait. Pour moi qui bâillais au bout de quelques minutes à ce genre de spectacle, je ne m'y laissai pas conduire, tout au moins la première fois, sans réticence; je fus bien étonné de ne pas m'ennuyer et même de soupçonner que la danse pouvait signifier quelque chose. Il faut dire que ces ballets étaient bien réglés, jolis, qu'ils racontaient plus ou moins, à leur façon, une histoire, laquelle parfois ne manquait pas d'un mystérieux humour chorégraphique. Je fus également impressionné par les théâtres eux-mêmes, anciens et modernes, dont les salles étaient de fort bon goût et très élégantes. Il n'est pas jusqu'au public qui ne me plût par son sans-façon, sa gentillesse, son négligé vestimentaire. C'est aux entractes des spectacles de ballet que j'ai vu sous son jour le plus aimable la société soviétique.

En revanche, je passai une rude soirée au Bolchoï où j'assistai à la représentation d'*Eugène Onéguine*. Je me consolai en contemplant le rideau de scène, très somptueux, sur lequel on avait brodé dans des cartouches deux dates qui se répétaient plusieurs fois : « 1871-1917 ». Quelles réactions chauvines n'a-t-on pas quand on voyage ! Je fus très agréablement chatouillé dans mon patriotisme de voir que la Commune de Paris, épisode de l'histoire de France, était honorée, dans un établissement officiel et subventionné, comme un événement fondateur du plus grand Etat de l'Europe au même titre que la révolution qui avait accouché de la Russie moderne.

Le soir du *konzert* offert en l'honneur d'Aragon arriva. J'assistai bien entendu à ce grand hommage. On m'avait placé si près de Louis, d'Elsa, de Lili et de Katanian que j'avais l'air d'être fêté moi aussi. Ce que fut ce *konzert*, les harangues qu'on y prononça, les poèmes qu'on y lut, les intermèdes musicaux, je serais bien en peine de le dire ; il ne m'en reste pas la moindre image, la moindre bribe de discours. Peut-être est-ce parce que je m'ennuyai d'un bout à l'autre de la cérémonie et que, pour me distraire, j'observais le visage de mes compagnons. La plus sérieuse était Elsa, dont on voyait que chaque parole dite sur la scène entrait profondément en elle et y séjournerait longtemps. Lili avait une autre façon de manifester sa fierté, plus gaie, plus primesautière ; elle souriait avec attendrissement. Katanian avait son attitude habituelle qui consistait à être à la fois lointain et disponible. J'aurais aimé percer le mystère de cet homme-là, qui avait un profil de perroquet, une expression serviable, une certaine timidité militaire, tous détails assez hétéroclites dans une seule personne et qui me déconcertaient. Le moins intéressant était Aragon qui, je le voyais bien, s'ennuyait autant que moi, quoique différemment, et surtout ne le manifestait pas de la même manière. Il était raide comme une statue, le visage légèrement penché, un sourire artificiel tirant sur le rictus dans le coin gauche de la bouche. Je me rappelle qu'une phrase de Stendhal sur Napoléon me passa par la tête : « L'Empereur avait emprisonné sa vie dans une comédie grave. » Tel est donc, me disais-je, le prix de la gloire. Vient toujours un moment où l'on est pris dans la comédie grave et où la société vous force à jouer le rôle qu'elle attend de vous. Le pauvre Louis, à cause de la politique, de sa légende d'amour avec Elsa, sa position de poète national, la haute figure de la Révolution qu'il était devenu, n'avait que trop le choix des comédies. J'avais du moins, de temps à autre, dans mon bureau des éditions Gallimard, le privilège de le voir hors de ces représentations, dans sa vérité, c'est-à-dire amical, sans façon, confiant, complice, amusant, expéditif dans ses jugements, me faisant quelquefois la grâce de me lire un poème qu'il avait composé dans la matinée, et dont il était content.

La présence de Courtade rendit Vladlène un peu plus actif qu'il ne l'était ordinairement, à moins qu'il ne fût impressionné par la façon dont l'autre lui intimait ses ordres, après lesquels il n'y avait pas à discuter. Grâce à Courtade, nous explorâmes divers monuments, bâtiments anciens et musées sans qu'il nous fût nécessaire de prononcer le mot magique de *délégatsia*. Une de ses plaisanteries favorites au cours de notre séjour, et dont il nous régala maintes fois, était de lire les caractères cyrilliques des enseignes des boutiques comme si c'était des caractères romains. Par exemple restaurant s'écrit en russe PECTOPAH, qui est la transcription phonétique du mot français. « Je vous emmène tous les deux au *pectopah*, ce soir, nous disait Courtade, c'est moi qui invite. Tâchez de ne pas vous bourrer de caviar. » Un autre mot qui l'amusait, et qu'il prononçait à tout propos, était *parikmakerskaïa* signifiant selon lui « coiffeur ». C'est au cours d'une de nos stations dans un PECTOPAH ou dans une brasserie que j'appris qu'on ne vendait pas la vodka au verre ou à la bouteille, mais au gramme. Cent grammes de vodka, servis avec un carafon d'eau pour les faire passer, faisaient un joli apéritif. Je crois me rappeler que les buveurs appelaient cela : « Le petit soleil dans le ventre ».

Il y avait, comme dans toutes les capitales aujourd'hui, deux villes dans Moscou : la vieille ville qui conservait quelques-uns de ses « plis sinueux » et qui rappelait ce qu'elle était avant et après l'incendie de 1812. Vladlène tint à nous montrer la statue de Pouchkine et un joli hôtel dans le goût du XVIIIe siècle. Il nous expliqua que c'était là qu'habitait la « famille Rostov ». Je mesurai combien la gloire de Tolstoï était grande. Quand les lecteurs logent dans un lieu réel des personnages de fiction c'est qu'ils considèrent ceux-ci comme de vrais êtres humains et non des rêves sortis du cerveau d'un artiste. Dostoïevski, pour lequel en ce qui me concerne j'ai une bien autre admiration que pour Tolstoï (ce qui était aussi le cas de Staline qui précisait qu'il l'eût quand même fait fusiller), n'a pas eu cette consécration.

La ville nouvelle à Moscou ressemble à ce qui se fait partout de nos jours, ou à ce qui se faisait dans les années 50 : grands immeubles plats, absence d'ornements ou de fantaisie architecturale, bref toute la tristesse « fonctionnelle » moderne. Elle avait néanmoins une particularité, à savoir que cette ville n'était pas aménagée pour rendre le présent plus plaisant ou plus commode, mais pour accueillir l'avenir. Les avenues étaient très larges afin que plusieurs files de voitures pussent y circuler à l'aise ; mais pour le moment, elles restaient désertes. Il n'y passait, de temps à autre, qu'une grande auto noire de l'administration ou un taxi, reconnaissable à son allure déglinguée et à ce qu'un damier était peint sur ses portières. En une heure on ne voyait guère plus de vingt ou trente véhicules rouler sur ces autostrades citadines.

L'une des dernières festivités, et pour ainsi dire l'apothéose de mon séjour à Moscou, fut une invitation à déjeuner de l'ambassadeur de France, qui était alors M. Dejean. C'était un homme souriant et agréable, Mme l'ambassadrice était jolie ; j'ai gardé un excellent souvenir de ce repas dont l'objet était de nous honorer, Aragon, Elsa et moi. Courtade était également invité. Il y avait une dizaine d'autres convives, français et russes. La conversation était gaie, grâce à l'aisance de M. et Mme Dejean et à la verve du rédacteur en chef de *L'Huma*, qui ne cessa de babiller pendant l'heure que durèrent les agapes. Le principal sujet de nos propos était M. Molotov, l'ancien ministre des Affaires étrangères de Staline.

Depuis la mort du père des peuples il était tombé dans une profonde disgrâce, au point qu'on l'avait expédié, ou pour mieux dire exilé, en qualité d'ambassadeur de l'URSS à Oulan-Bator, capitale de la Mongolie, trou perdu dans les steppes et les neiges où le pauvre homme s'ennuyait à périr. Il était amusant de voir comme tous les convives s'apitoyaient sur le sort d'un personnage qui avait été si puissant et qui était à présent si misérable. Le plus amusé était Courtade qui mit fin à ces lamentations par un éclat de rire, en disant : « C'est vrai que Molotov est à plaindre, mais il ne faut pas oublier qu'il est ambassadeur. Donc il a des domestiques. Tant qu'on a des domestiques, on n'est pas vraiment malheureux ! »

Il se trouvait que je regardais Elsa et Aragon à cet instant-là. Quoique ni l'un ni l'autre n'aient eu beaucoup de sympathie ou d'attirance pour Pierre Courtade, ils ne purent s'empêcher de sourire à cette remarque si pertinente. Un des charmes de la vérité, quand elle fait irruption inopinément au milieu des mensonges ou des niaiseries hypocrites, est de déclencher l'hilarité. Il me semble que Bergson dans son étude sur le rire ne s'en est pas avisé, non plus que Pagnol qui a beaucoup médité sur ce sujet.

Le déjeuner à l'ambassade ne fut sans doute pas la dernière fête moscovite à laquelle on me convia, mais je ne me rappelle rien que j'aie fait ensuite. Il me semble que mon voyage prend fin là, que c'en est le point d'orgue. Ce qui dominait en moi lorsque je quittai la Russie était un sentiment très fort d'attirance pour ce pays. Je m'y étais tout de suite senti « chez moi » comme on dit, autant que sur ma terre natale, avec, en plus, l'amusement des découvertes.

Quel que soit le régime politique que l'on impose à un peuple, et quelque sévérité dont on use pour le gouverner, l'âme de ce peuple ne change pas. L'âme russe, telle qu'elle avait survécu à quarante ans de bolchevisme, me séduisit complètement. D'ailleurs tout craquait, si j'ose dire, dans l'Union des Républiques soviétiques ; j'avais le sentiment que l'idéologie communiste était une croûte très mince, plaquée artificiellement et maintenue par force, mais fendillée partout sous la pression souterraine de la Sainte Russie qui refusait de mourir, dont la sève ne s'était jamais tarie et qui, n'étant plus immobilisée par la poigne de Staline, commençait à s'étirer.

Naturellement, j'avais lu le grand ouvrage de Custine sur la Russie en 1839 et je ne pouvais manquer d'être étonné par les ressemblances entre l'autocratisme impitoyable de Nicolas Ier et la dictature encore plus impitoyable de Lénine et de Staline. Mais cette dictature n'avait plus le même visage sous Khrouchtchev, qui était à sa manière un libéral. On dirait que les peuples ont un sens secret pour discerner chez leurs maîtres le moindre relâchement dans la sévérité, le plus infime désir de se démarquer, par une relative indulgence, des vieux despotes. Les Russes ressentaient quelque chose de ce genre lorsque j'étais parmi eux. En particulier, ils avaient retrouvé leur franc-parler. On se gênait à peine pour persifler les vieilles idoles, on écoutait du jazz, on fumait des cigarettes américaines et des gauloises, on lisait les auteurs étrangers ; bref, on retrouvait une âme avec ce que cela signifie de plaisir. Je ne me rappelle plus, mais cela serait facile à vérifier, si ces émancipations avaient précédé ou suivi le XXe Congrès au cours duquel furent enfin révélées les abominations de toutes sortes qui avaient caractérisé le règne stalinien. En tout cas je suis témoin que l'accession au pouvoir de Kroutchev et la personnalité de celui-ci ont été déterminantes dans ce que l'on a appelé par la suite la déstalinisation. Je voyais tout cela en plein et j'en étais si émerveillé que, rentré à Paris, je ne pus m'empêcher, à ma façon étourdie et excessive, d'en parler partout où je trouvais des oreilles pour m'entendre. Mais il m'arriva alors ce qui m'est arrivé assez souvent au cours de ma vie : j'étais en avance de trente ans sur l'opinion qui voyait encore l'URSS sous les traits d'un croque-mitaine, et une fois de plus je me fis un tort affreux aux yeux de l'intelligentsia parisienne, y compris celle de gauche qui était déjà, en dépit de ses professions de foi, subjuguée par l'Amérique.

Je repartis pour Paris couvert de cadeaux – en particulier des boîtes vernies dont le couvercle représentait des paysages, des campagnardes endimanchées, une troïka lancée au galop, etc., le tout joliment et finement dessiné. Vladlène m'offrit un pot à tabac ; le cadeau de Lili consistait en une douzaine de tasses à thé en porcelaine, bien enveloppées dans de vieux numéros de la *Pravda* et des *Izvestia*. C'était un beau présent et très original car on ne trouve nulle part en Europe de pareilles tasses, d'une forme si particulière, rappelant la chope, et renflées au milieu, ce qui, avec leur décor en camaïeu bleu, leur conférait une élégance digne du XVIIIe siècle. Elles sont toutes cassées aujourd'hui et si je ne les ai pas remplacées, ce n'est pas faute d'avoir essayé, mais aucun pays d'Europe n'en fabrique et n'en exporte. Quant à la Russie, il advint un phénomène étrange, c'est qu'après que je l'eus quittée, tout se passa comme si je n'y étais jamais allé, comme si j'avais fait un rêve de deux semaines. J'écrivis aux amis que je m'étais faits là-bas des lettres auxquelles ils ne me répondirent pas un mot. Je tentai d'obtenir de leurs nouvelles et n'en obtins pas la moindre. Pourtant je ne sais quelle certitude m'habitait que l'on ne m'avait pas oublié, que l'on continuait à avoir de l'amitié pour moi, qu'on me recevrait à bras ouverts si un jour je revenais. C'était la paresse russe qui engourdissait leur main. Je me heurtais au tout-puissant, à l'omniprésent, à l'éternel Oblomov. Peut-être est-ce par ces déconvenues que j'eus la révélation d'un des mystères soviétiques, à savoir le côté kafkaïen de l'administration, et plus spécialement du terrible KGB. Quand un malheureux était arrêté et enfermé à la *Loubianka*, il y restait plusieurs mois ou plusieurs années, sans savoir de quoi il était ou paraissait coupable. Selon moi, la véritable raison de cet interminable emprisonnement était que le fonctionnaire chargé d'étudier son dossier n'étudiait rien du tout. Le dossier restait sur le bureau du rond-de-cuir qui n'avait pas la force de tendre la main vers lui et, au fil du temps, se couvrait de poussière. C'était là de l'oblomovisme tout pur, mais j'en inférais que de loin en loin il devait y avoir une influence gogolienne dans l'affaire, c'est-à-dire que l'on graissait une patte afin d'insuffler au propriétaire de cette patte un peu de courage pour exhumer tel ou tel dossier et proposer des conclusions (favorables de préférence).

XI

RUINE ROMAINE RUE DE GRENELLE

Les voyages que l'on fait en compagnie ont deux effets contradictoires : tantôt l'amitié en sort renforcée, tantôt affaiblie, si ce n'est qu'elle en meurt, parce que nos compagnons se révèlent avoir des façons d'être, des différences avec lesquelles notre caractère n'est pas compatible. Rien de tel ne m'arriva avec Louis et Elsa. Cela tient sans doute à ce que tout au long de notre séjour en URSS nous nous vîmes assez peu. Ils avaient leurs habitudes moscovites, leurs obligations, leurs parents, leurs amis, leur vie officielle. Louis alla même voir Kroutchev au Kremlin, plus par politesse, je crois, que pour une raison précise. Quant à moi, j'étais trop occupé à tout explorer, et Vladlène, en fin de compte, me tenait assez solidement, en dépit de sa nonchalance, par ses programmes et des expéditions comme celle de Zagorsk que l'Union des écrivains soviétiques avait, à ce qu'il semble, formellement prescrites. Bref nous n'avions, Elsa, Louis et moi, ni le temps ni l'occasion de nous heurter, et notre amitié, au retour en France, était exactement pareille à ce qu'elle était à notre départ. Les déjeuners rue de la Sourdière reprirent, ainsi qu'une véritable intimité entre Louis, Elsa, ma femme et moi. Tout cela dura trois ou quatre ans. Le Général et sa redoutable police secrète avaient décidément adopté une attitude indulgente à l'égard d'Aragon, ainsi qu'à l'égard du parti communiste dans sa totalité. Il y avait même, à ce qu'on pouvait observer, une espèce d'affinité, d'entente implicite entre les gaullistes et les communistes due à une fraternité d'armes qui datait de la guerre. Enfin, la politique du Général, qui consistait à rapprocher la France de la Russie dans le but de contrecarrer l'hégémonie américaine, donnait au PC, en dépit de ses grondements, plus rhétoriques que sincères, la vague apparence d'être un des soutiens du pouvoir.

Pour que les rapports entre Moscou et Paris ne risquassent pas de se gâter, l'ambassadeur d'URSS avait été soigneusement choisi : c'était un homme courtois et souriant qui admirait immensément (ou tout au moins en faisait partout la confidence) le Général et sa politique, au point que l'on disait de lui qu'il était un « gaulliste inconditionnel ». Il s'appelait Vinogradov. Il ne lui fallut pas six mois pour devenir une figure parisienne. On le rencontrait dans les endroits à la mode, dans toutes les réceptions des ministères et même aux premières des théâtres. Mme l'ambassadrice n'était point aussi abordable. C'était une grosse dame à l'air sévère et qui s'exprimait laconiquement. Je ne l'ai vue qu'une seule fois sourire, dans une circonstance que je relaterai plus bas.

Par l'intermédiaire d'Aragon, je fus invité à l'ambassade d'URSS, rue de Grenelle, fort bel hôtel où, jadis, les princes qui représentaient le tsar donnaient des fêtes grandioses, et où le genre prolétaire n'était toujours pas de mise. Louis avait indiqué mon nom au service du protocole de l'ambassade qui, dès lors, tant que Vinogradov (dit « Vino » dans le Tout-Paris) resta en poste, me convia à divers cocktails et dîners. Le cher Vino finit pas me connaître assez bien. Du moins, quand il m'accueillait en haut de son escalier, il me faisait fête, avec force sourires et poignées de main. J'offrais à ses yeux un mélange qui lui plaisait, étant un gaulliste authentifié, quasiment « historique », comme on commençait à dire, et en même temps l'ami intime du plus illustre poète communiste du monde. A l'une de ces soirées, Vino me déclara qu'à ses yeux les deux plus grands romanciers français contemporains étaient Mauriac et Dutourd. Il mit dans ce jugement beaucoup de chaleur et le ponctua d'un sourire attendri, ce qui ne m'empêcha pas de penser qu'il n'avait certainement jamais lu une seule ligne de moi ni de l'auteur de *Génitrix*.

A l'une des réceptions, alors que je causais de n'importe quoi avec je ne sais plus qui, Aragon vint me prendre par la main et me dit : « Venez avec moi, je vais vous présenter à Maurice Thorez. » Ces paroles furent chuchotées avec un respect et une gourmandise qui n'avaient rien de démocratique, mais évoquaient plutôt quelque vieux duc désireux de mettre un jeune provincial en présence du roy.

La présentation eut un caractère d'autant plus royal que Thorez, à cette époque, touchait à la fin de sa vie et se déplaçait dans un fauteuil à roulettes, comme sur un trône ambulant. Nous le trouvâmes près du buffet ; il nous reçut avec un large sourire, et une vivacité, je dirai presque une énergie, qui contrastaient avec sa paralysie. Au premier regard, on voyait qu'on avait affaire à un homme fort pénétrant, tout autant en politique que dans la connaissance des hommes. Assis comme il était dans son fauteuil, ou plutôt tassé, le teint fortement coloré, il me fit songer à ces ruines romaines toutes rouges, encore harmonieuses ou grandioses, malgré les dégradations infligées par le temps. La conversation, ou plutôt le bref échange de propos que j'eus avec celui que les militants de 1935 appelaient le « Fils du peuple », mérite d'être consignée. Il me félicita d'avoir composé un livre

« remarquable » comme *Les Taxis de la Marne*. « Et d'ailleurs, ajouta-t-il, je vous l'ai écrit. » Pure politesse que cette parole, car je n'avais jamais reçu de lettre de ce grand homme.

« Mais oui, monsieur le ministre, dis-je, et je vous ai aussitôt répondu.

— C'est exact », approuva Thorez, qui décidément écrivait l'histoire avec la même encre que moi.

A la sympathie que je ressentis pour Thorez, je compris le charme qu'il exerçait sur les foules, et je me demandai à quoi tenait justement ce sortilège, car un homme politique, parût-il la bonté incarnée, est toujours plein de calculs, d'arrière-pensées, d'ambitions, d'égoïsme. Je pense que Thorez n'était pas différent de ses confrères et qu'après tout, la bienveillance peut coexister avec toutes les pénombres d'une âme.

J'ai assez de chance avec les secrétaires généraux du parti communiste. Environ trente ans après ma rencontre avec Thorez, c'est de Georges Marchais que je fis la connaissance. J'étais alors l'un des membres du comité de la Fondation Elsa Triolet et Aragon, que le PC soutenait (et même subventionnait, je crois). Marchais avait invité le comité à déjeuner au restaurant Véfour. A table, j'étais placé à côté de lui et nous nous entendîmes à merveille.

C'était un très agréable convive, qui n'avait pas grand-chose en commun avec le ridicule personnage crayonné par les caricaturistes ou parodié par les chansonniers. Je sentis entre lui et moi passer le même courant de sympathie qu'avec Thorez. Ce fut au point qu'en nous séparant nous nous jurâmes de nous revoir, ce qui, évidemment, n'arriva jamais.

C'est en s'entretenant avec Camille que Mme Vinogradov se dérida pour la première fois, à ma connaissance. La scène eut lieu à l'une des réceptions de l'ambassade d'URSS. Mme l'ambassadrice, en dépit de son air sévère, voire revêche, « faisait un frais », comme on dit, à ma femme qui lui répondait par la même musique, c'est-à-dire que les deux dames échangeaient des futilités avec une raisonnable animation. Je ne sais comment la conversation roula sur ce qu'on appelait alors les « résidences secondaires ». Toujours est-il que le visage de Mme Vinogradov s'éclaira et même qu'il y passa une ombre de sourire. Devenue tout à coup très diserte, elle se lança dans une description enthousiaste de sa datcha qui, à l'en croire, était le plus beau lieu du monde, noyé dans les fleurs et le feuillage, au milieu d'un paysage extrêmement poétique. La maison avait tout le confort que fournit l'industrie moderne. Bref, rien n'était doux comme de passer là les fins de semaine lorsque l'agitation de la politique et les obligations de la diplomatie en laissaient le loisir.

« Cette charmante datcha doit être assez près de Moscou », dit Camille pour montrer qu'elle s'intéressait à la conversation.

Le sourire de Mme Vinogradov s'accentua :

« Non, non, non, chère madame Dutourd, s'écria-t-elle. Ma belle datcha que j'aime tant se trouve à Bois-le-Roi ! »

XII

PÉTRARQUE EMBARRASSÉ

J'ai dit que mes relations avec Elsa et Louis demeurèrent les mêmes après le voyage en Russie si ce n'est qu'elles furent plus étroites encore qu'avant. Camille et moi nous continuâmes à aller déjeuner rue de la Sourdière, et eux vinrent chez nous, honneur dont j'étais bien conscient, car ils ne sortaient guère, par goût, parce que le travail n'est pas compatible avec les mondanités, et enfin parce que leur appartenance au parti communiste (en dépit de la précision qu'Elsa donnait souvent, qu'elle n'y était pas inscrite, elle) élevait autour d'eux la muraille invisible d'un ghetto politique. Aragon n'était pas seulement un homme de lettres, il était une figure officielle, une illustration de son parti, grâce à quoi, en retour, il jouissait, d'après ce que je pouvais observer, des commodités que l'on offre à un ministre, à commencer par une voiture de fonction conduite par un militant préposé à cet office. Par suite, ses fréquentations, ses amitiés, ses démarches, avaient toujours quelque chose de prudent, de retenu, si ce n'est de méfiant, qui contribuait à éloigner de lui des gens qui l'admiraient et qui lui eussent été dévoués à l'occasion. Il avait peu de rapports avec ses confrères hommes de lettres, par orgueil secret sans doute, lui se considérant comme le plus grand écrivain vivant, et aussi, naturellement, par politique, car la plupart n'étaient pas de son bord ou avaient été un peu pétainistes pendant la guerre. Quant aux écrivains communistes membres du parti, je ne l'ai jamais entendu énoncer le moindre jugement sur eux, mais il eût fallu être stupide ou aveugle pour ne pas voir qu'il les considérait comme des insectes, ou plutôt, lui étant un pape, comme d'anonymes curés de campagne. En écrivant ceci, je me rends compte rétrospectivement que j'étais pour lui un ami quasiment idéal : je n'étais pas communiste, j'avais un gentil passé de résistant et je l'admirais avec la conviction d'un disciple. Il aimait aussi Camille avec qui il avait une attitude à la fois galante et paternelle, ce qui à ce que je pouvais observer, désarmait la jalousie d'Elsa toujours en éveil.

Les Aragon possédaient une maison de campagne à Saint-Arnoult-en-Yvelines près de Paris, dont ils étaient presque aussi enchantés que Mme Vinogradov de sa datcha de Bois-le-Roi. Il faut dire que c'était une propriété charmante, romantique et, si je puis dire, harmonieuse. La maison était un ancien moulin, ce qui suppose presque toujours, je ne sais pourquoi, un joli paysage autour. A l'intérieur, on retrouvait la simplicité un peu bohème de la rue de la Sourdière, avec quelques raretés pourtant. Entre autres, accrochée aux murs, la collection complète des médaillons de David d'Angers. Comme je l'inspectais et la détaillais, Louis me révéla avec un air pince-sans-rire qu'il prenait quelquefois pour dire une rosserie que le sculpteur avait rencontré une difficulté particulière en reproduisant le profil de La Fayette, à cause du menton de celui-ci, qui n'existait à peu près pas.

L'autre splendeur de Saint-Arnoult était la bibliothèque, toute en boiseries blanches, et qui occupait une notable partie du salon. Cette bibliothèque seigneuriale avait été jadis celle de je ne sais quel club sélect qui s'était étiolé et avait fini par fermer. Il s'en était suivi une vente des meubles, au cours de laquelle Aragon avait acheté les boiseries. Il me raconta cela avec une satisfaction assez touchante, ma foi, comme quelqu'un qui a fait la seule bonne affaire de sa vie et qui en est encore émerveillé dix ans plus tard.

Notre amitié avec Louis et Elsa aura duré une quinzaine d'années, ce qui, finalement, n'est pas mal pour une amitié littéraire. Si elle s'est refroidie jusqu'à s'éteindre vers 1962 ou 1963, c'est par ma faute, ou plutôt par la faute de mon esprit appliqué, à cause duquel j'accomplis de mon mieux les commandes que l'on me fait, sans soupçonner que ceux qui me les font peuvent avoir des arrière-pensées et attendre de moi autre chose qu'un travail sérieux.

Ce fut le cas avec la préface d'une anthologie des poèmes d'Aragon que le directeur du « Club du meilleur livre », Robert Carlier, me proposa d'écrire. Je devinai sans peine que cette idée-là avait été soufflée par Aragon lui-même, ce qui me remplit d'appréhension, pour deux raisons au moins. La première est que je me fais un monde de tout, que je crains sans cesse d'être inférieur à la tâche, pour ne pas dire incompétent ; la seconde, que je vis là une sorte de traite que l'on me présentait ou, comme on dit familièrement, un « ascenseur à renvoyer ».

Dieu sait si j'étais féru de la poésie d'Aragon, de son génie, de sa maîtrise, de sa fécondité, de son esprit et si je mettais tout cela au plus haut de la vie littéraire française, néanmoins j'apercevais dans la préface à écrire quelque chose qui ressemblait à un article de complaisance, et j'en étais très malheureux, non tant parce que je réprouve ces menus services qu'on se rend entre amis, mais je ne parviens pas à écrire ce que je ne pense pas. Ma plume, quasi littéralement, s'y refuse. Je n'ai pas dû confectionner plus de quatre ou cinq textes de ce genre dans toute ma vie et chaque fois cela m'a coûté des efforts surhumains. Tout ce qu'il faut faire par devoir ou par politesse m'accable, tandis que ce que j'écris selon ma fantaisie est la facilité même. Comme il m'arrive souvent, j'eus une bonne surprise : après que j'eus griffonné quelques lignes, je trouvai pour aborder mon sujet un angle auquel je n'avais pas pensé et qui suffit à me donner le désir d'aller jusqu'au bout de la corvée.

Avec mon aveuglement habituel – on peut dire aussi ma vanité – je m'acharnai à montrer à l'aide d'exemples, de comparaisons, de raisonnements combien la poésie d'Aragon était savante et belle. Le morceau en outre était assez bien écrit pour ne pas être ennuyeux. Or ce n'était pas cela qu'on me demandait, mais un petit roman biographique où j'aurais raconté la jeunesse, les années d'apprentissage et surtout les amours de mon héros, autrement dit Elsa. Mon travail achevé, je m'aperçus que je n'avais pas une seule fois cité le nom de celle-ci, que nulle part je n'avais dit qu'elle était l'inspiratrice, la muse, que sans elle l'œuvre du poète n'eût pas été ce qu'elle était, etc. Mais ma foi, j'avais tant peiné sur cette fichue préface, j'avais si bien épuisé mon endurance que je n'eus pas le courage d'ajouter les quelques paragraphes qu'on attendait de moi. Du reste, où les insérer ? Il n'y avait pas de place pour ces détails dans ce que j'avais composé, qui était de la critique sérieuse, non de l'anecdote. Je me disais fallacieusement que tout le monde en conviendrait, à commencer par Elsa elle-même.

De cette préface date le déclin de notre amitié. Elsa, après en avoir pris connaissance, non seulement ne me fit aucun compliment (ce dont j'eus la naïveté d'être piqué), mais encore me reprocha avec une sévérité d'institutrice de n'avoir pas parlé du *lyrisme* de Louis. Par ce mot de *lyrisme*, elle entendait les poèmes qui lui étaient consacrés. J'eus une autre preuve de son mécontentement ou peut-être devrais-je dire de sa colère : Aragon exigea que l'on imprimât à la suite de mon texte un appendice de sa façon dans lequel il se comparait implicitement à Pétrarque qui n'avait jamais eu d'autre inspiration pour ses sonnets que son amour pour Laure.

Cela ne suffit pas à me faire rentrer en grâce auprès d'Elsa. Nos déjeuners rue de la Sourdière devinrent plus rares, puis cessèrent tout à fait. Malgré la bonne humeur de Louis qui, comme la plupart des hommes, aimait que la concorde régnât autour de lui, il se glissa dans nos rencontres une certaine contrainte qui contrastait avec le laisser-aller amical qui avait caractérisé nos rapports jusque-là. Ma femme et moi ne fûmes plus invités à passer les après-midi du dimanche à Saint-Arnoult. La dernière fois que cela arriva, il se produisit un incident qui n'arrangea pas les choses. Au moment de partir, lorsque nous montions en voiture, Louis dit à ma femme : « Adieu, Camille ! — Adieu, Perdican », lui répondit-elle. Elsa était légèrement en retrait ; elle souriait elle aussi, mais cet échange de répliques, qu'elle entendit, modifia son visage ; en une seconde, son expression d'amabilité mondaine tomba. Elle nous lança un regard de femelle défendant son territoire qui signifiait : « A partir de maintenant, je vous raye de la liste de mes amis. »

Nous eûmes la preuve définitive de cet ostracisme quelques jours plus tard. Ma femme, qui ne se doutait de rien ou plutôt qui n'avait vu dans le regard jaloux d'Elsa qu'un mouvement passager d'humeur, lui téléphona pour les inviter, elle et Louis, à un déjeuner où serait présent le directeur du *New York Times*. Cyrus Sulzberger, qui était fort désireux de s'entretenir avec Aragon et connaissant nos liaisons avec lui, nous avait prié d'organiser une rencontre. « Si ce M. Sulzberger veut voir Louis, dit Elsa d'une voix sèche, Louis ira tout seul chez vous. Je n'ai aucune envie de jouer le rôle des pommes de terre autour du rôti. » Là-dessus elle raccrocha et je crois bien que ce furent les dernières paroles qu'elle nous adressa.

XIII

LES ARTISTES ET LA TRAGÉDIE

Pendant les deux ou trois années qui suivirent, de curieuses relations s'établirent entre Aragon et moi. Il continua, comme par le passé, à me faire des visites dans mon petit bureau obscur des éditions Gallimard, probablement à l'insu de son épouse, à rester assis des quarts d'heure entiers dans mon vieux fauteuil de cuir à me parler littérature et poésie, à me raconter comment il avait mis Victor Hugo à la mode jadis parmi les surréalistes qui le vomissaient, à ironiser sur André Breton, à m'entretenir de la politique avec des complicités et des sous-entendus comme si nous étions, lui et moi, de vieux camarades de parti d'accord sur tout et se comprenant à demi-mot. Souvent, il me lisait le poème qu'il avait composé le matin ou la veille, d'une voix emphatique et chantante qui ne manquait pas de m'étonner lorsqu'elle sortait de sa bouche et qui me faisait penser à la déclamation des vieux sociétaires du Théâtre-Français. Je crois que tous les poètes récitent ainsi leurs œuvres qui sont, pour eux, plus proches de la musique que de la prose. En dépit de la mauvaise humeur d'Elsa, Aragon avait été assez content, lui, de ma préface, et me le laissa entendre à mots couverts, par des allusions, une satisfaction marquée, voire un certain abandon.

Depuis quelque temps, le caractère d'Elsa, qui n'avait jamais été facile, s'était aigri d'une manière surprenante : elle devint jalouse de la gloire de son époux dont elle était, jusque-là, si fière, si heureuse, si consciente par son dévouement d'y être associée ; au point qu'Aragon, si un long article, une étude sur lui paraissait dans un journal ou une revue, s'évertuait à le cacher, conjurait le service de presse de Gallimard de ne pas lui en envoyer chez lui les coupures, et si par hasard Elsa avait vent de ces éloges, les minimisait, disait que cela n'avait aucune portée, aucun sérieux, que ce n'était rien. Il mettait tout le poids de sa personnalité et de sa renommée pour que ce fût d'Elsa que l'on parlât, que ce fût ses livres que l'on republiât. Il me semble même qu'il obtint que l'on mît en chantier les œuvres alternées du couple, ce qui était une entreprise vouée à l'échec commercialement, mais point inutile pour l'harmonie conjugale dans le présent et peut-être pour la légende, plus tard.

J'avais le sentiment, lorsque Louis frappait à ma porte et entrait sans attendre ma réponse, que nos rapports étaient assez semblables à ceux des gamins qui se voient en cachette de leurs parents. Si je n'étais pas là, ce qui arrivait plusieurs fois dans la journée, car j'expédiais mon travail en une demi-heure et passais le reste de mon temps à me promener dans les couloirs ou à faire des visites à mes collègues, il me laissait un billet sur ma table : « Bonjour – Louis. » Cette amitié ou plus exactement cette camaraderie en quoi l'amitié s'était changée dura jusqu'en 1963 ou 1964, époque où les éditions Gallimard et moi nous nous séparâmes. Mon petit bureau était indispensable à nos rencontres. C'était à la fois un terrain neutre et une étape à laquelle Louis aimait s'arrêter. Le bureau disparu ainsi que moi son occupant, il prit le parti de ne plus me voir, comme je pris (sans douleur) celui de ne plus le voir non plus. Ainsi s'anémient et périssent des amitiés qui avaient la vie entière devant elles, pour des raisons dérisoires : parce qu'on n'a plus d'endroit où se retrouver et surtout (je l'ai expérimenté cent et cent fois) parce que l'absence simplifie et schématise les êtres, au point de les transformer en pantins rudimentaires. Ce qui nous attache chez un ami, c'est sa complication, qui nous est familière et qui fait de lui une sorte de livre. L'absence, c'est le livre refermé ou perdu.

Les dernières impressions qui me restent de ces années sont assez tristes. Elsa commença à avoir des malaises et des crises cardiaques. Un artiste n'est pas fait pour les situations tragiques. Louis était à la fois désespéré et désemparé comme un enfant dont la mère est malade et qui est impuissant à la soigner. Les seules consolations que je pouvais lui offrir quand il me peignait son angoisse étaient justement celles qu'on propose à un enfant pour lui masquer la réalité des choses et tâcher de lui faire croire que, pour une fois, la réalité ne sera pas implacable.

Vers ce temps-là, les Aragon quittèrent la rue de la Sourdière pour aller occuper un vaste appartement dans lequel ils avaient entassé des meubles de prix et des œuvres d'art, à ce qu'on disait. Pour moi, j'ignore si ce palais était tel qu'on le décrivait car nos relations s'étaient si distendues que je n'y entrai jamais. J'imaginais mal, néanmoins, Louis et Elsa régnant comme deux bourgeois sur leurs somptuosités ; cela n'allait pas avec leur caractère, leur philosophie, leur goût et encore moins avec le reste de leur vie. Ils étaient faits pour camper sur la terre, non pour s'installer.

A la mort d'Elsa en 1970, j'étais si éloigné d'elle et de Louis que je n'eus pas à proprement parler de chagrin. Je ressentis plutôt le vide triste du cœur qui nous envahit pendant un moment quand on s'aperçoit que le monde, inopinément, s'est modifié et qu'un de ses aspects auquel on était accoutumé va être effacé pour toujours. A la vérité, je pensai plutôt à Louis dont je revoyais l'air hagard lorsqu'il entrait dans mon bureau à la NRF, après avoir passé la matinée à s'occuper de sa femme ou plutôt à la regarder souffrir, redoutant qu'elle mourût d'un instant à l'autre entre ses bras. J'avais deviné depuis longtemps qu'il entrait une certaine dose de théâtre dans l'exemple d'amour conjugal qu'Aragon montrait au monde avec une application inlassable depuis 1928, mais je ne pouvais m'empêcher de penser que quarante ans avaient inévitablement fait éclore entre lui et Elsa une vérité plus profonde que celle qu'ils avaient voulu imposer à l'opinion ; que l'amour, à force d'avoir été simulé et chanté, était devenu réel, puissant, impossible à détruire.

Elsa aura vraiment été une muse pour Louis, non pas une figure idéale, une Béatrice ou une Laure souriant avec suavité dans son cadre et pour qui le poète se consume d'un amour platonique, mais une âpre femelle qui contraint l'artiste à travailler, qui le courbe d'une main de fer sur la feuille blanche ou la toile vierge et qui ne lui accorde de répit que s'il est allé jusqu'au bout de ses forces créatrices. La vraie muse, la muse authentique a été peinte par Balzac : c'est la cousine Bette, qui n'est ni jeune ni belle, mais qui possède un caractère inflexible ; Elsa a joué ce rôle. Mais une cousine Bette pèse très lourd et si le malheur fait qu'elle disparaisse, l'artiste-enfant qu'elle a tenu si longtemps sous sa férule, grisé par sa liberté subite, ne résiste pas aux plaisirs du monde qui sont sans limites, et en comparaison desquels l'œuvre, toujours à faire ou à refaire, paraît bien fastidieuse.

Le parti communiste a été pour Aragon une seconde cousine Bette. Ces deux muses étaient si étroitement dépendantes que l'une, en disparaissant, entraîna l'autre. Effectivement, quoique je n'eusse alors plus aucun rapport avec Louis, je ne laissais pas de sentir, non pas un refroidissement entre lui et le marxisme, mais plutôt un éloignement, des distances qu'il prenait comme malgré lui, par un mouvement intérieur irréversible.

XIV

LE ROI LEAR

Je ne saurais oublier la date où je vis Aragon pour la dernière fois : ce fut le 10 mai 1981, vers neuf heures du soir, le jour de l'élection de M. Mitterrand à la présidence de la République. On venait de proclamer les résultats du vote, ce qui avait fait descendre beaucoup de gens dans la rue, qui s'étaient portés en foule à la place de la Bastille, où régnait une grande liesse socialiste. J'étais allé voir ce rassemblement en badaud, comme il m'arrive souvent lorsque se produisent à Paris des explosions politiques. Ma femme Camille et mon fils Frédéric m'avaient en vain supplié de ne pas me fourvoyer dans cette cohue où il n'y aurait que des horions à recevoir, ma curiosité l'emporta. Je pris pour prétexte une « soirée-élection » organisée par l'hebdomadaire *L'Evénement du jeudi* à la brasserie Bofinger, située un peu en retrait de la place de la Bastille, et à laquelle le directeur de la publication, Jean-François Kahn, m'avait convié, ainsi que cent ou deux cents autres « personnalités » de couleurs politiques variées, le rose et le rouge prédominant, car on avait prévu qui gagnerait.

La traversée de la place pour arriver jusqu'à Bofinger inquiétait beaucoup Frédéric qui redoutait qu'on ne me fît un mauvais parti à cause de mes idées qui n'étaient pas celles du jour et que, croyait-il, tout le monde connaissait. Il entendit sur mon passage, me dit-il plus tard, des cris hostiles et des menaces, mais je ne perçus rien de tel. Je ne vis pas de faces haineuses, pas de regards torves, pas de poings tendus. A la rigueur un air surpris sur le visage de quelques braves électeurs socialistes en me voyant au milieu d'eux, mais rien de bien périlleux. Une dizaine de personnes me demandèrent des autographes.

Le remous de la foule était particulièrement fort aux portes de la brasserie Bofinger, qui étaient fermées et ne s'ouvraient que parcimonieusement pour laisser entrer un invité, parvenu, Dieu sait comment, jusque-là. La place de la Bastille et ses entours fourmillant de monde faisaient songer à une mer agitée, se heurtant contre les immeubles-récifs, mais ce n'est pas cette comparaison banale qui me vint à l'esprit. J'eus plutôt pendant un moment le sentiment qu'avec mon compagnon je cheminais sur une lande déserte, sous un ciel encombré de nuées orageuses, dans une marche difficile, freinée par une sorte de vent surnaturel, et que cela ne pouvait aboutir qu'à une issue tragique comme dans un drame à la Shakespeare. Mais le roi Lear, ce n'était pas moi, et je n'allais pas tarder à le voir.

Je ne sais comment Frédéric et moi arrivâmes devant chez Bofinger ; pourtant il est de fait que nous y réussîmes, non sans susciter des protestations parmi la foule qui devinrent de vrais cris de dépit lorsque la porte de la brasserie, actionnée par Jean-François Kahn lui-même, s'entrebâilla pour nous faire entrer. Pourquoi me recevait-on, moi qui n'étais rien moins que socialiste, alors que tant de bons et authentiques militants restaient à piétiner dehors ? J'eus l'impression d'être aspiré à l'intérieur de la brasserie, ainsi que Frédéric. Détail amusant, M. Bofinger en personne vint m'accueillir au milieu de l'escalier qui menait à la grande salle. Il me serra les mains avec effusion, comme un naufragé sur une île déserte qui aperçoit tout à coup un être humain. Cela était d'autant plus remarquable que je n'avais jamais rencontré précédemment cet excellent homme. En pénétrant dans ses salons, je compris la raison de sa cordialité : c'est que son public était composé principalement de gens de gauche ou de récents ralliés, intellectuels, journalistes, comédiens, faiseurs d'opinion, etc., et que lui, M. Bofinger, n'était pas de cette famille-là. D'où son contentement en me voyant : au moins nous serions deux à ne pas exulter !

A la vérité, je fus reçu à merveille par les convives, qui interprétèrent peut-être ma présence comme une capitulation devant les événements et le début d'un revirement, choses qui ne manquent jamais d'attendrir les vainqueurs, lesquels voient dans la lâcheté du vaincu une justification de leur succès. Il y eut même une dame socialiste que je n'avais pas croisée deux fois dans toute ma vie, qui se jeta à mon cou et s'écria entre deux baisers sur mes joues : « C'est bien que vous soyez ici ce soir, Jean Dutourd ! Cela a beaucoup de chic ! »

Comme je m'y attendais, je connaissais tout le monde à la « télé-partie » de Jean-François Kahn, laquelle était à peine encore une « télé-partie ». Personne ne regardait les postes de télévision qui n'avaient plus grand-chose à montrer, si ce n'est des journalistes et des politiciens faisant des commentaires. Les conversations, de groupe en groupe, étaient plus amusantes que ces banalités post-électorales. Je ne sais pourquoi la grande salle de Bofinger, avec le ressac des têtes et le bourdonnement des voix, m'apparut comme une représentation réduite de la place de la Bastille. Cette hallucination ne dura qu'un instant, mais je garantis que j'en fus le siège. Quelqu'un me dit « Aragon est là » et s'offrit à me mener à lui.

Mon premier mouvement fut de refuser. Je n'avais pas rencontré Louis depuis plusieurs années ; je n'avais pas envie de voir comment le veuvage et la vieillesse l'avaient changé, peut-être dégradé. Et lui-même, de son côté, ne serait-il pas embarrassé de me retrouver ? Néanmoins je me laissai conduire. Aragon était à demi prostré dans un fauteuil. Toute sa personne paraissait dire : « Où suis-je ? Que fais-je ici ? » Je ne le trouvai pas vraiment modifié ; il était à peu près tel que je l'avais vu pour la dernière fois mais tout en lui semblait être devenu fragile. La peau de son visage était plus fine et entrecroisée de rides, le cheveu plus blanc. Son attitude, son immobilité, une sorte de légère gaucherie sénile qu'il avait lorsqu'il faisait un mouvement, firent resurgir dans ma tête le personnage du roi Lear qui s'était imposé à moi lorsque je traversais la place de la Bastille. Le décor, certes, n'y était pas, il faisait très chaud dans les salons Bofinger, mais c'était un vieux souverain dépouillé et déjà hors du monde que j'avais sous les yeux. Aragon n'était pas venu seul ; il était accompagné par un jeune homme accroupi à ses pieds comme eût pu, cinq siècles plus tôt, l'être un page aux pieds de son seigneur. Je me penchai vers le vieux roi, qui me reconnut à peine (ou pas du tout) et me tendit mollement la main. Je serrai cette main dans la mienne avec la certitude que je la touchais pour la dernière fois. J'en fus ému pendant un instant, comme si j'avais fermé les yeux à un cher défunt.

Malgré le brouhaha, les rires qui fusaient brièvement, les groupes où tout le monde parlait ensemble, on entendait l'orage qui avait fini par crever et qui déversait des trombes d'eau sur la place de la Bastille. Les bombardements du tonnerre alternaient avec les éclairs dont la lumière blanche donnait fugitivement à notre partie l'air d'un rendez-vous de spectres. La place, un étage plus bas, qui, quelques minutes plus tôt, grouillait de peuple, était déserte. A tout hasard, j'avais emporté un imperméable. Quand la pluie diminua, je dis au revoir à quelques connaissances et m'en retournai chez moi. Frédéric, lui, que la politique et ses spectacles captivent, serait bien resté encore deux ou trois heures, car la fête était réussie, et même, d'une certaine façon, romanesque.

Si chenu, si célèbre que l'on soit, il ne faut pas cesser une minute d'être vigilant. De nos jours, les lions diminués n'ont plus à redouter les coups de pied des ânes, mais quelque chose de pire : leurs caresses. C'est ce qui est arrivé à Aragon et j'en ai été plus affecté que lui-même, plus blessé que les disciples qui l'entouraient. Le nouveau gouvernement, à la première promotion, au mois de juillet suivant, lui attribua la Légion d'honneur, à lui qui avait eu pour principe, toute sa vie, de refuser les distinctions, Académie française incluse : il était plus qu'octogénaire, il avait été la voix (ou le chant) de la France, et voilà qu'on l'ornait du mince ruban qu'obtiennent les chefs de bureau lorsqu'ils attrapent la quarantaine ! A tant faire que de décorer Louis Aragon, il fallait lui conférer d'emblée la grand-croix, comme à un maréchal des lettres qu'il était. Glisser ce ruban subrepticement dans sa boutonnière, cela avait des airs de guet-apens : on avait spéculé sur l'inattention d'un vieillard qui n'était plus lui-même. Aujourd'hui, en y repensant, j'ai le soupçon qu'il n'entrait pas seulement de la mesquinerie et de la bêtise dans cette affaire, mais aussi du calcul, que ce geste dérisoire masquait un acte politique. En effet, rien, alors, ne se faisait qui n'eût une intention plus ou moins subtile. Il s'agissait, en l'occurrence, non pas d'honorer Aragon mais de le rabaisser, de le ravaler, de suggérer à l'opinion que ce grand poète n'était rien de plus qu'un homme de lettres et, par ricochet, de jeter un premier discrédit sur le parti communiste qui était la bête à abattre. A ce point de vue, le ruban rouge fut une remarquable trouvaille.

Je ne me trompais pas lorsque je pressentais, le 10 mai 1981, que je touchais la main de Louis pour la dernière fois. Il mourut un an et demi après sans que je l'eusse revu. Je demandai dans ma chronique de *France-Soir* qu'on lui votât des funérailles nationales. Cette idée, comme la plupart de celles que j'ai, fut prise pour un paradoxe et suscita des rires.

Paris, novembre 2002

TABLE

Cet ouvrage a été composé et imprimé par la
SOCIÉTÉ NOUVELLE FIRMIN-DIDOT
Mesnil-sur-l'Estrée
pour le compte des Éditions Plon
en août 2003

Imprimé en France
Dépôt légal : août 2003
N° d'édition : 13652 – N° d'impression : 64329